诗
想
者

H I P O E M

盛夏的低语

李郁葱　著

Shengxia

De

Diyu

GUANGXI NORMAL UNIVERSITY PRESS

广西师范大学出版社

·桂林·

图书在版编目（CIP）数据

盛夏的低语 / 李郁葱著. --桂林：广西师范大学出版社，
2019.3
（诗想者·慢生活）
ISBN 978-7-5598-1570-5

Ⅰ . ①盛⋯ Ⅱ . ①李⋯ Ⅲ . ①散文集－中国－当代
Ⅳ . ①I267

中国版本图书馆 CIP 数据核字（2019）第 017695 号

广西师范大学出版社出版发行

（ 广西桂林市五里店路 9 号　邮政编码：541004 ）
网址：http://www.bbtpress.com
出版人：张艺兵
全国新华书店经销
广西广大印务有限责任公司印刷
（桂林市临桂区秧塘工业园西城大道北侧广西师范大学出版社集团
有限公司创意产业园内　邮政编码：541199）
开本：889 mm × 1 194 mm　1/32
印张：8.75　　　字数：200 千字
2019 年 3 月第 1 版　　2019 年 3 月第 1 次印刷
定价：45.00 元

如发现印装质量问题，影响阅读，请与出版社发行部门联系调换。

目　录

第一卷　时　序

第二卷　庭　内

第三卷　　院　外

第四卷　人间世

第一卷

时　序

小满：时光之渡

一个内敛的节气

生活的意义大概需要不断地确认。要不，对于无中生有的节日，我们为什么会那么热衷？早在一周前，有关"5·20"的炒作已经开始。520 是自然数之一，也是网络语言，谐音"我爱你"；这和 5201314（我爱你一生一世）、520320179（我爱你想爱你一起走）是一个道理。

我们仿佛依赖于一把虚拟的钥匙，才能打开生活的庭院。但有时候，我们走进去，才发现期待和现实之间的差距。

众声喧哗，西湖里的荷花，再过一阵子也会喧哗起来，这是一种盛大的到来，夏季已迫在眉睫，将君临天下，这样的热闹或许是一种假设：这一年的热度早已刻上额头。

今年受厄尔尼诺现象的影响，有些出格的天气也是正常。

这个周五，"5·20"，会是很多情侣牵手登记的日子，会是很多恋人相互表白的日子，也会是很多商家需要的卖点。一个事先张扬的时日，像是在放肆舒张着叶瓣，带着浓浓的人间的气息，带着商业的荷尔蒙。

在这个周五，这一天，在流行文化喧闹的深处，藏着一个我个人很喜欢的节气：小满。

我想说说小满，一个内敛的节气，时序里的渡口，它沉潜于今年"5·20"热闹的背后。而我们，是那争渡的旅人。

温和之美

春尽夏来，从气候上来说，这是一年中最好的时节：昼夜温差12℃左右。在这个温度的两极，无论是在最高点或者在最低点，我们都会感觉到惬意。

古人"行乐争昼夜"的感慨应该是在此时发出的。

造物的恩惠在于我们时常能够发现一些无可挑剔的美，比如在我们喜欢的生物身上，我们能够找到黄金分割：这是自然的神奇魅力，也是最能给人带来美感的比例。这个比例据说是0.618，比如奔跑中的豹子，比如很多模特儿养眼的身材，无不遵循于这个规律。在人们的创造中，诸如埃及金字塔，法国巴黎圣母院，埃菲尔铁塔，以及《蒙娜丽莎》等名画中，0.618 也是一个有趣的分割点。

　　而如果把一年 365 天用黄金分割理论划分，那么刚好有两个点落在黄金分割点上，一个是"立秋"，另一个就是"小满"。

　　两者相互对应，彼此照见，正好是一年中两个转换的平台，这两个时节，也是一年中温和之美的体现。

　　关于小满，《月令七十二候集解》中这样说："四月中，小满者，物至于此小得盈满。"意思是夏熟作物籽粒已开始饱满，但还没有成熟，约相当乳熟后期，所以叫小满。而农谚赋予小满以新的寓意："小满不满，干断思坎""小满不满，芒种不管"。把"满"用来形容雨水的盈缺，指小满时田里如果蓄不满水，就可能造成田坎干裂，甚至芒种时也无法栽插水稻。

　　这种古老的经验在今天看来依然是智慧的。

它的满是小的

　　　　我们总是在这，像那些
　　　　绕着广场跑步的人。青春是一滴
　　　　可以虚拟了的往事，但身体不知疲倦
　　　　像是传说中的巨兽，它的欲火
　　　　总是在低落时闪动

是什么削去我们的活跃？悬崖般

为我们的面庞浮现出一种本能

在此刻，寻找到能够灌溉的——

——《小满》

　　这是我之前写过的一组以节气为经纬的诗中的一首，说的是我个人的人生经验。以往说到节气，总会不由自主地想起关于这个日子的风俗、谚语，但对于本周五的小满，我们或许可以先看看它的美。

　　小满之美，应该是我们在田野看到的景象：万物将实、生机勃勃。此时节麦粒饱满，蚕结新茧，万物小得盈满，但还没到沉甸甸被大地的引力所吸引的日子。

　　"麦穗初齐稚子娇，桑叶正肥蚕食饱。"这是欧阳修笔下的小满图景，在美好中带着些许的期许。

　　如果我们深入地去探究这个时节，会发现它其实并不完美：小满时节降雨多、雨量大，假如此时北方冷空气杀来，而南方暖湿气流也强盛的话，那么就很容易造成暴雨，甚至是特大暴雨。在小满节气的后期，往往是一些地区防汛的紧张阶段。

　　但人们宁可要雨水的滋润，因为这意味着季节的充盈，而干涸则意味着收成的减少。眺望江南的农耕时光，当年有这样的说法："小满动三车，忙得不知他。"

这里的三车指的是水车、油车和丝车。此时，农田里的庄稼需要充足的水分，农民们便忙着踏水车翻水；收割下来的油菜籽也等待着农人们去舂打；田里的农活自然不能耽误，同时家里的蚕宝宝也要细心照料。小满前后，蚕要开始结茧了，养蚕人家忙着摇动丝车缫丝。

小满之名的诗意在于，它的满是小的，并不张扬。它是一种透明的荡漾，这很容易就会让我们联想到一种女性：谙于世情，但依然有着纯粹的美好。

一段预料中的煎熬

从小满，到下一个节气芒种，大地从南到北渐次进入夏季，降水进一步增多。从春天过渡到夏日会有一段非常煎熬的时光，俗称黄梅天。南朝梁元帝《纂要》中说"梅熟而雨曰梅雨"，而唐代柳宗元在其诗作《梅雨》中如是写——"梅实迎时雨，苍茫值晚春"。

由于这一时段的空气湿度很大，百物极易获潮霉烂，故人们给梅雨起了一个别名，叫作"霉雨"。

出梅入夏是一个有趣的时节，它意味着从潮湿闷热变得豁然开朗。在度过这么一段一年中的青春期后，在知了的喧闹中，我们将迎来浩大的夏季。

但这，得在小满之后，像是人生到了一个平台，是一段预料中的煎熬，人得时时地提醒自己，过犹不及，小满正好。其实，农历中的二十四节气，每一个名字都飘溢着东方的智慧，值得我们细细体会。

这一天，是个渡口

小满是四季轮回中最坚定的一个立场，它不仅仅是一种摇摆，更多的是从青涩渐渐向着成熟的迈进。

在我写这些文字的时候，正好一个朋友发来了很多年前的一张合照，那个时候，我们青衫薄，但头发密，对世事的知晓恰在懵懂之间，似这人生的小满：一个分界点，多么好的青春年华。

我想到小满，春尽江南，剩下的，是岁月的喧嚣和渲染中的绽放。

一如古典的含蓄早已让位，时移世易，在今年，当小满碰上"5·20"，后者的喧闹犹如潮水，把小满覆盖在深沉的时光的海底，但依然闪烁着让我们心动的乡土之光。

此刻，已是午夜，万物静默如谜，呈现着古老的秩序。

这一天，是个渡口。

醒来在秋天的早上

一夜之间秋天大面积地降临

　　季节的转换有时候会呈现出一种迷人的暴力，就仿佛一夜之间，用一种态度代替了另一种态度，它甚至来不及过渡，像今年的秋天。在秋天宠幸这座城市之际，一个周末，我去了周边的小镇，那里的山上飘荡着秋果若有若无的气味，沁人心脾。

　　秋天，是丰收、但复杂的季节，它像是一杯好脾气的酒，被我们端起来之时总是那么恰到好处，而实际上，它的酝酿和甘美有着暗中的陡峭。这个时候，里尔克那首著名的《秋日》会悄然浮现在脑海：

　　　　让最后的果实长得丰满

再给它们两天南方的气候

迫使它们成熟

把最后的甘甜酿入浓酒

车窗外是倒退着的田野和群山，我打量着这熟悉的江南景致。真的，就在这一夜之间，秋天已经大面积地降临到大地。

人的心思或许就藏得深了

"柳暗山犬吠，蒲荒水禽立。菊花明欲迷，枣叶光如湿。"唐代的温庭筠为自己营造了这样的一个秋天，细细去读，我们会恍然：原来秋天是这样的委婉，看秋天的眼光更多的可能是出于我们的心境。

秋色日深，人的心思或许也就藏得深了。

但在这个季节漫步在我们居住的城市，无疑是一件赏心悦目的事，秋天让这个城市的色彩变得丰富而意味深长，如果说春日的绿意是明亮的，秋天则显然要深刻得多，它是色彩的多重奏。当我们去观察在秋天绽放的花时，会发现它们大抵热烈得如火如荼，秋天是我们这个城市最美的时节。

行道树色泽的变化让人愉悦，黄山栾的蓬勃更是夺人眼球。

更加让这个城市令人沉醉的是，突然间，桂花的香味变得如此的响亮和绚烂。我们要怎样去描述这香？也许只有《香水》中那只嗅觉微妙的鼻子才能辨别，才能付诸文字来形容。

我们，只是怀抱着这香，它浓郁得像是一个让我们深陷的梦。在我年幼之时，我真的相信月亮上有一棵不死的桂花树。东方的西西弗斯——吴刚每天都要去砍伐，而岁月砍去的是我幻想的心，现在，我只是希望我还能相信。

每一天，我们都在打开那道通往秋天的门，但在这途中，让我们深深地嗅一下那桂花的香，然后藏在它的花香深处，在我们的身体里，保留那么一块纯净之地，像是秋天的琥珀。

秋天的另一半注定了盛极而衰

秋天的一半是属于享乐主义者的，尤其是在它的前半程。

"秋风起，蟹脚痒"，和我一样痴迷于蟹的吃货估计不少：每年的这个季节，在秋风起时，我们的心一定是痒痒的，被蟹脚挠得哆哆嗦嗦的。"巨实黄金重，蟹肥白玉香。"宋朝的张耒就这样写过。

在这种时候，我把秋天当作一个动词来使用。要知道除了蟹，秋天为我们贡献的食物实在太多，比如说香榧和山核桃，比如说柿子和猕猴桃，比如说栗子，无一不是在秋天到达了它们生命周期中的顶点。它们赋予这秋天丰饶的意义，让这秋天的声音变得洪亮。

但秋天的另一半注定了要盛极而衰，这或许是万物的规律，在秋天的火焰被奉献之后，草木的凋敝和时节的凉意会逐渐到来。这，很像是这两年听到的一些消息，我们熟悉或者并不熟悉的一些企业，在度过自己的黄金岁月之后，纷纷清盘和倒闭，同样也包括网络年代里的一些纸媒的崩塌。

要来的终究会来，像是这季节，秋天，同样是让我们可以思考的季节，它在喧嚣退潮之后，将为我们讲述隐忍那一课。漫步在收割后的秋野上，我见到在枯黄的藤蔓顶端，结着饱满的果实（南瓜、冬瓜，或者是其他的果实）。本雅明的一句话也许颇能代表秋天的深度：“在废墟里有着相对完整的梦想。”

秋天，让我们面对四季，我们尊重事物的规律，这种尊重需要我们一生去学习。

这种醒来是人生的一次完成

某一个秋日的早上。醒来，光线是软弱的，仿佛一种激情还未从梦中转过，人恢复了精神，身体就像是一把琴，醒来即弹奏。

这个时候，秋风吹来，体内的阡陌纵横交错。在度过轻狂的春天和狂躁的夏日后，落叶的呼吸，像霜中的月亮；而枯了一半的草，有点白了头。在这个时候，是什么还在继续推动着我们的生命之轮？好像看明白了一切，好像走上早已熟悉的路，而无论是上坡或下坡，习惯的力量让人欢喜，但好像依然在寻找改变的力量。

这个时候，不那么急于赶路、急于疲惫，不那么忙碌，会坐下来细细琢、慢慢磨，然后想起，在秋天，当这个镜中人、这个暧昧者，想起他原来还是我。

这种醒来，是我们人生的一次完成，一次对自己的审视。姜文有一篇小文章《人到中年》前些时风靡过微信朋友圈，其实说的都是一些大实话：人生的秋天，就是让我们在清明中看见。

终将归于沉寂

如果在刹那的灿烂之后终将归于沉寂，秋天其实是一种准备，民间有秋补的说法，这是为接下来的冬季和来年做的准备，正如开阔的视野才能决定人生的高度，强健的体魄才能支撑着我们走下去。

在我们这座声色味喧哗的城市，在这个秋天，有两件事显得意味深长：在秋天刚刚到来的时候，这个城市宣布将承办 2022 年的亚运会；而在深秋时分，这座城市将会迎来一年一度的杭州马拉松。而就我所知，想跑"杭马"的朋友越来越多，很多人都为报不上名着急。

这是一种态度，一个城市的态度，也是我们的态度：一种积极的把握。

在四季的轮回中，相对而言，秋天是最具有仪式感的，那么我们在繁花似锦间，我们在馥郁浓香中，我们在残荷秋凉里，我们醒来，像我一个朋友所写过的诗句："我们一寸寸醒来"。

我们推开的是早上。

雪：零度以下的声音

是我们庸常生活中的盐

  杭州今年的第一场雪突如其来，像是在天空中打开了一座虚无的花园：它让我们每一个人都感受到爱丽丝梦游仙境时的那种战栗。那天上午，在离杭州不远的上海，我看到朋友圈里的惊喜，像是涟漪一圈圈荡开，但上海，起先是阴郁的天，而后下起了雨，并无雪的消息。

  那一天，雪是给杭州城区的礼物。后来我知道，在杭州的其他地区，诸如桐庐等地，那一天都只有雨。

  我是在入夜时回到杭州的，从高铁上下来，在车站另一边的轨道上静静卧着一辆绿皮火车，薄薄的雪覆盖在车顶，而空中，在灯光的照耀中，精灵般地舞蹈着的雪花，那一刻，有一种似曾相识，既熟悉又陌生，似乎有一段旅程在为我们隐秘展开。

的确，雪有它的声音，一种寂静和缄默的庄严：它带给我们恢复了的秩序，在寒意蔓延中，它建筑成一种远眺，沿着那雪的方向，我们看到生命中某些难言的情愫和我们文化基因中的密码。

"独钓寒江雪。"这样的意象会在我们的脑海中闪现，来自中国文化中的隐逸符号就这么突兀的闪现出来。在这场意外的初雪之后，农历的节气也已经到了"大雪"。而雪意偏冷，它并不能承受过于热烈的关注，在冬日暖阳里，它的融化无声无息。

雪，是我们庸常生活中的盐。

雪有它自己的温度

雪是水的高蹈，它以洁白的形式和悲悯的心，洋洋洒洒地书写着大地。如果我们退远一点去思考，它给予人的惊喜往往是意外的。去年从川藏线进拉萨，途经色季拉山，在那个海拔 5000 多米的垭口，因为雪，整个垭口被渲染得如同一个冷酷仙境，有种不真实的美。当我回来后讲述给朋友听时，他说，不会啊，他所看到的色季拉山垭口一点都不壮美。他看了我蹩脚的照片后恍然大悟：都是雪的缘故，他看到的是雪融后的场景。

　　雪有它自己的温度，只是它比较内敛。在阿拉斯加州原住民那里，雪筑的房子同样可以成为人们生活的堡垒。

　　实际上，在近 20 年里，由于气候的因素，在江南已不太能见到大雪的盛景，而有那么一两次的时候，它又是咆哮而至。

　　这世界的很多东西，如果仅仅是看表面，我们或许还会赞美，比如说霾，近两年让我们心悸的事物。在我之前的记忆里，这样的场景一般出现在两个地方：一个是在仙境，云雾缭绕；一个是在末世，尘埃扑面。当这样虚构的场景在现实中出现时，在我想来，或许距离后者更近一点。

　　霾，之前经常被我们读错，现在却成为大家耳熟能详的字。这是汉字个体的进化，也是创造汉字的中国人的悲哀。当霾终于和我们朝夕相处之时，人到中年的我发现，自己早已从花样年华蜕变到了霾样年华。

　　霾是一种入世的动物，仔细想想，其实很像传说中的龙。龙是一种图腾，是对强者的崇拜，它的暴怒和它对世界的劫掠都是不由分说的：它从来就是不讲理的，它的到来就是到来，摆出的就是这种强者的模样。如果你不待见它，没关系，它在你呼吸的空气里，它无所不在，它就是有毒的，但它就在我们的生命中存在。

　　这样的发现无疑让人绝望，这和人生的阶段也相似：一开始是纯澈的，我们称之为青葱岁月；之后是招摇的，我们说它是花样年华；然后便过渡到了暧昧而混浊的阶段，我现在把它叫作霾样年华，而在以前，我叫它不惑之年，或者称之为理智之年。但实际上，我们身体里的很多地方已经变成灰色的了，或者说，我们变得更会忍耐和不再抱怨了。在这之后，我们将知天命。

　　在雪后，天空仅仅干净了一两天，然后，就以霾的形式提醒我们：我们，是否应该对自己的生活负责？在抱怨和谴责之余，在雪所塑造的头脑中，我们能否听到那种时间深处的冷笑？

时有一种深情的蔚蓝

　　"晚来天欲雪，能饮一杯无？"

　　白居易这样的情怀成为我们今天普遍的问候语。巧合的是，当年他在杭州时所修筑的白堤，其入口处的断桥，在岁月的铺陈中也敷衍出了"断桥残雪"的风景，在今年的初雪中，人们为它的美丽所倾倒。

　　但雪下多了，也会成灾。或许，没有事物是完美的，对于雪，当它肆虐的时候，我们会把它叫作白魔。如果在冰雪世界里，不戴上防护镜，其魔力会使得我们失明。对于杭州

是那些覆没中的风景吗？它们

勾勒出隐秘中的秩序和激情：

在那里耳语，这些瞬间的事物

我们走近了又彼此孤立的身影

这样一座江南城市而言，我们现在最清晰的记忆应该是在2008年，那场大雪在道路上积起来，厚的地方甚至有40厘米。

雪进入人类生活后的多调性，还在于它的倾落会使青菜变得好吃，而在田野上，由于它的覆盖，一些害虫的虫卵会被冻死。从这个隐秘的角度来说，它既是害虫的杀手，也是对人类的馈赠。

雪后的天空，在放晴时有一种深情的蔚蓝，而这个时候，最让人惊讶的就是光，像一把潜伏着的弓，绷紧了树叶与树叶、时间与时间之间的风。如果这时在树林间漫步，我们几乎可以听到光的走动。

雪在烧

在我的记忆里，许多年前，雪霏霏稠稠地下了一天，又一夜，落在我的梦之外。然而当时间在悄然中渗透，忠诚而准时的闹钟在微白的夜风里把我惊醒。

曾经对朋友说过，我喜欢这雪落的冬天，它冷峻、肃穆，逼人沉思，针砭着日益麻木的神经，还可以使人超然以观照自己。但此刻我回头望望，一片苍茫，走过的痕迹也在慢慢消逝。

有一种简洁而彻底的痛快，有一种欢愉，我脑中情不自禁地闪念过赖特的名句："如果我能走出自己的肉体，我就能绽放出鲜花。"

渐晓的晨光，雪在烧。

大概是从那个时候开始，我觉得雪是有自己生命的，它是雨水的极致进化。我们听雪意，听雪落，也听雪在树枝与树枝之间的奔跑：那是它的生命的表达。在我们这样温暖的南方，它的生命非常短暂，而当它消失的时候，我们也许会发现一片狼藉。

雪帮我们藏起了东西，但它并不带走。

我所听到的雪的一种

我喜爱的一种智慧是：一个人要有一种冬日之心，才能够凝望冰海雪原。

的确，但我们拥有这样的视野吗？在一次有雪的时间里，我写过一首叫作《雪中》的小诗，把它放在这里。我想，这是我所听到的雪的一种：

> 于是，雪来了。在冷和暖之间
> 在新的一年走来之际，裹挟着污浊和雨水
> 在睡眠之外，冰冷的智慧

削出那雪落大地的轮廓——

它们一定是在我看不见的地方

比如山深处，那些独立的枝丫

因为稀疏一身轻松

枝繁叶茂的却被深深压垮

等雪来，更轻的，也更能被打动

它们的到来就是被融化

在这条路上，我们走过，又往往视而不见

草木或他日之歌

雨纷纷？或许就下在我们身体的街道上
在那些秘密的地方，离开的人
总是发出自己的声音。在我们漫长的岁月里
是那些可以敲开的门

在找到的地址里，那莫名的感激
或许有别样的意义，在我们被虚掷的时刻
那些墓碑，勾勒出那些模糊的名字
是的，曾经在，在这些光和影里

——《清明》

我们这个可感知世界的引力波

人死如灯灭。与我们生之绚烂相比，死亡是肉体踏入虚无的痛苦之舞，无论你是多么达观或者多么不情愿，死始终是相对于我们这个可感知世界的引力波。

对生的热爱，对死的害怕，是人们想象死后那未知世界的缘由。因为未知，人们的想象力极其纵横开阔。比如《西游记》里，孙悟空到地府撕碎阎王账就表达了长生的朴素愿望，而修道等企图窥破虚空的行为，更是在历史那面墙上书写得多如牛毛。

我曾经困惑于清明扫墓的由来，在一个万物生长、气象万千的季节，为什么要有这样一个节日，而且一个怀念的日子，为什么以清明为名？年岁渐长，我慢慢明白，人也好，草木也好，都是这世间的存在。我们的存在，就是一种秩序。我们从哪里来？我们到哪里去？正是在这样的困惑中，我们创造人类的文明。

有时候会是一个悖论：当人死亡之际，我们也许能得到永恒的通行证，比如永远光彩熠熠的张国荣，比如以梦为马的海子，他们在多年之前离开了尘世，都在清明前夕。

然后，他们成为传奇，但并非奇迹。

死亡的诗意

死亡的诗意。这是一个小说的题目，死是一道黑色的火焰，我们无从窥测在它表象之后的真相，那道门后，也许万事皆空，也许另有乾坤，这种似是而非的伪科学，多少是对活着之人的安慰。

在我开始写作后的这些年里，一些认识和不认识的作家、诗人以极端的方式离开人世，顾城、昌耀、戈麦、方向……这个名单可以罗列出长长的一排，如果有一天它不再增加，那无疑是一件美好的事。

在这些名单中，海子以他的纯粹和理想化色彩为人所关注，他的诗篇，在他死后多年依然充满青春的质地。

在文字里，海子永久地保持了一种年轻但铿锵的声音。我有时候会想，这个从乡村走出去的少年，如果他还在，他现在的诗歌会呈现出怎样的气象？这当然只是一种假设。

一些坚冰也许能够消融

风还在继续吹："人生路，美梦似路长，路里风霜，风霜扑面干。红尘里，美梦有几多方向？找痴痴梦幻中心爱，路随人茫茫。"

和海子一样，张国荣是另外一个符号，一种在喧嚣中抵达寂静的典范。在他走的那年，我们对抑郁症一知半解，但那以后，抑郁症变得通俗了，甚至和我们时时相遇。我想说，对自身的了解和正视才能解决这些困惑。我有一个朋友，当他知道自己有抑郁症之后，他选择了用长跑作为抵御的武器，一年以后，他的抑郁症烟消云散。

在那种孤独的长跑中，一些坚冰也许能够消融。

当我们的生命被那些不知来处又不知何踪的风所擦亮，生命之杯被注满了。休斯在一行诗中定义了人生的这次发现："由于对最简单的事物的无知 / 二十五岁时我再一次感到惊愕"。我们完全可以去羡慕张国荣，关于他的记忆定格于那些电影中的形象，只是他对此不再留恋。

他已经完成了自己。

终究，我们有悲哀

我们努力地在生命中找到自己的定位，努力完成自己生命的拼图，犹如草木之歌。

终究，我们有悲哀；终究，我们有欢欣。对生活的凝眸最终造就了我们的喉咙，尽可能的委婉，也有尽可能的铿锵：我周围的人，他们起伏不定的音色构筑成这个时代秘密的城墙，虽然有时候生活总是言不由衷。

　　在清明之前，我去了城郊母亲的墓地，她离开我已经 4 年，但仿佛从未离开。墓碑一排排、一列列挺立在墓地，从他们之前走过，看着那一个个名字，和为他们立碑者的名字，有时候便会有些猜测，但他们的人生已经完成，或精彩，或平淡。

　　风还在继续地吹。

梯斜晚树收红柿

秋天记忆里的一大乐趣

许多年前，刚刚学习写诗的时候，有一次和友人闲逛，当时已经入冬，颇有些寒意，在古荡西北之处的一口水塘边就看到了那株柿子树，并不太高，20 米的样子（柿子树高的可达 50 米），叶已经凋零，但乒乓球大小的红柿子还固执地挂在枝头，像是对时光的挽留。那景象一下子抓住了青春的视线，并不是为赋新诗，但少年的愁绪在那个冬天飘荡。

后来写了首《冬天的柿枝》的诗，发表在浙江省作协主办的刊物《江南》上，是我最早发表的诗作之一。这首诗没有收进我辑录的任何一本个人诗集，却不知道为什么又始终在我的记忆里，而其他很多写过的诗，在后来的时间里有些已经被淡忘了。那棵柿子树和它的兄弟姐妹一样，此后消失于时间的迷宫，包括那口水塘，包括许许多多的水塘、桑园、柿子林……它们甚至没有荡起更多的涟漪。

但记忆终究在那里，我们以为忘记的，实际上它在我们的岁月里如影随形。比如说 71 岁的徐士杰，他是骆家庄老年协会的秘书长，他清晰地记得在他的童年，家里有 118 棵柿子树，当年的骆家庄，水塘星罗棋布，而柿子树、桑树等杂树生花……徐士杰对现在的生活非常的满意，但消逝的农村是他记忆里的感伤。他告诉我，现在的骆家庄，已经找不到柿子树了，也许是一种纪念，他在老年协会的门口种了三株。

童年的时候，米缸里捂柿子是秋天的一大乐趣，而老人们会一遍又一遍地告诉你，柿子和螃蟹不可同食。要知道，这两样都是我所挚爱，也差不多同时上市。

和农村的城市化进程一样，很多事总是难以两全，好在我们还留有一个西溪，还有 4000 余株柿子树生长于其间，像是旧时光的底片，曾经风光一时的六大名柿还能依稀可辨。

仿佛是一只只秋日的大地之眼

湖上山林画不如，霜天时候属园庐。
梯斜晚树收红柿，筒直寒流得白鱼。
石上琴尊苔野净，篱阴鸡犬竹丛疏。

一关兼是和云掩，敢道门无聊相车。

　　每每读宋人林逋的这首《杂兴》，眼前总能浮现出一派江南的田园风光，诗的地域色彩在这首诗里是如此的鲜明，几乎就是为江南的田园风光量身定制。白居易也曾在《杭州春望》中留下这样的诗句：

红袖织绫夸柿蒂，青旗沽酒趁梨花。

　　林逋诗中结出红柿的柿子树，或许和我们今天无意中所看见的柿子树是同一棵，柿子树的树龄可达上千年。仅在今天的西溪湿地，树龄百年以上的老柿树就不计其数，最老的一棵据说有300多年了。相传当年乾隆皇帝下江南，路过西溪看到满目柿树，尝了后直赞味道好，还御封了一棵最老的柿树为"柿千年"。从此西溪柿子名扬天下。
　　西溪柿子以盘柿、方柿、火柿、扁花柿等为主，还有就是果实偏小的野柿子和数量稀少的油柿。方柿个大，火柿个小，但都味甜、汁多、核小。柿子的美名甚至传到了海外，据说现在英国正在兴起一股吃柿子的风潮，很多英国人很喜欢这种模样好看、营养丰富的水果，这或许是地球村后寰球同此凉热的写照，实际上柿子树的种植地只有中国、日本和巴西少数几个国家。

据 1990 年版《余杭县志》记载："本县栽培柿树据说已有 2000 多年的历史，多在河岸塘边，房前屋后零星栽植。"

柿子树容易栽培，而柿子对于乡土中国的日常生活而言，只是一种水果，不会大面积栽种。在西溪附近，它的广泛种植实际上也是因地制宜，利用的都是派不来用场的地方。

近年，在西溪柿子最为沉甸甸之际， 火柿节应运而生，此时节，西溪河堤两岸数百棵百年柿子树挂满了果实，远远望去犹如树梢挂满了灯笼，仿佛是一只只秋日的大地之眼，款款凝视着人间，这是对人间烟火的守护。

最朴素的真理

出生于 1942 年的邵华勇是浙江省柿子制作技艺的非物质文化遗产传承人，他和柿子树打了一辈子的交道，听他说柿子树的成长故事和柿子的制作，其实和做人一样，都是在艰辛的付出和磨砺后才能修成正果。

柿子树的苗要从山里砍来，然后选优质的母本嫁接，在五到六年后就能结果。柿子品种多样，制作的工艺也在时间里形成了特定的手法，柿子树要在其没有完全成熟、表皮略显粗糙之际采摘下来，以方柿为例，最常见的工艺是：

先选一些大约六七成熟、捏上去还硬邦邦的柿子备好；

　　然后，按照 100 斤柿子配 8 斤左右生石灰的比例，把石灰放入 65℃左右的水里。搅拌好石灰水后，把柿子放进去，刚没过顶就可以。浸泡 24 小时后，柿子就能捞出来吃了。

　　邵华勇介绍说，如果柿子数量不多，可以在柿子的蒂头处滴上醋和盐催熟，也可以把柿子放在桶里，用荷叶或桑叶压实，3 天后即可拿出来吃。

　　这些技艺，是邵华勇从小看着父亲做学到的，对于过往，他还是有着美好而遥远的记忆，比如在他年少时的春天里，在柿子树下，时常可看见晒太阳杀毒的甲鱼和乌龟，人的脚步声一响起，接踵而至的便是这些小生灵扑通扑通跌下水面遁去的声响，也许这些声响，依然淡淡地回荡在邵华勇快要消失了的记忆里。

　　说到柿子的种类和吃法，我还想推荐两种相对另类的吃法：一是焰柿，硬硬的，要削皮吃，咬上去脆脆甜甜，就像苹果一样香甜可口，跟新鲜柿子口感风味完全不一样；一是水柿，是对传统制作工艺的一种发挥，也极其可口。

　　柿子好吃，但需要一定的耐心。小的时候，有时会迫不及待从米缸里拿出来吃，看着很诱人的柿子，咬一口，满嘴的涩，这也是生活能够教育孩子的最朴素的真理。

采摘的人心里也就稳妥了

火柿映波秋西溪。西溪，或许是杭州推开秋天的一道门，老柿树上果实累累，两岸芦花泛白，随风摇曳。

这个时候，我们可能会想到王安石的一首诗：

重将坏色染衣裙，共卧钟山一坞云。
客舍黄粱今始熟，鸟残红柿昔曾分。

秋色总是如此怡人。

如今火柿节已经举办多年。如果乘坐摇橹船游览西溪湿地，可以看到柿子如灯笼般挂满河堤两岸，而参差不齐、老态龙钟的柿子树倒垂在河岸两边，它们临水俯瞰自己的姿容，也许在打盹的时候还会想到自己的青春岁月。

柿子树是在四五月份开花的，八角形、淡黄色的花没有什么香气，自然不引人注目，也缺少惊艳的容貌。

它就这样悄悄地长着，积淀着，花和叶相互扶持着，但需要防备毛毛虫（"洋辣毛儿"），如果它们把柿子树的叶子全部啃噬一空，那么这一年柿子的收成可想而知。

在柿子熟了的时候，那些不劳而获的鸟儿也来了，它们喜欢吃浆果，柿子林对鸟类特别有吸引力，这是自然的法则。就像我在家里栽种的无花果，曾经想过很多方法去驱赶不请自来的鸟儿，后来想，我们和平共处吧，只是比一比我的手快还是鸟的嘴快。

柿子树巍峨高大，站在树下，对于我们而言，颇有望"柿"兴叹的意味。叉柿子同样是一种学问：一根四五米长的竹竿，竹竿头上有一个铁丝圈，连着一个网兜。摘柿子的时候当然不用爬树，只要瞅准了柿子，用铁丝圈去勾住它，再用力一拉，柿子就掉进网兜了。

柿子入网，采摘的人心里也就稳妥了。

而一些年以前，在这片土地上生活的人，把这些柿子采摘下来，然后加工，他们自己不一定舍得吃，而是用水路运到大关，运到卖鱼桥那边的集市叫卖，这是他们年度计划中的一项收入。

也许有熟透的，没被采摘下来的柿子在某个深秋的夜色里，突然就脱离了它的枝条，然后，纵身到西溪的水里，微微的淡漠的声音，会在走过的人的耳蜗中荡起遥远的涟漪。

也许这个柿子正砸在溪水中一只吐泡泡的螃蟹身上。

少年游：我们的生活笔记

一个骑自行车的人能离开多远？

旅　行

现在看来，某朋友那次未遂的旅行不无象征的意味：当异地有可能的浪漫演变为狂热散发出他的身体，他被彻底地诱惑了。

他以为这也许能成为一次感伤的、近乎虚构的旅行。他带着简单的行囊，于农历大年初一来到了火车站：往日喧闹的广场此刻被宁静地雕塑着。事实出乎他的想象，于是他带着行囊回家了，回到了某种既定的秩序里，他无力去回答电话线里那"为什么"的责问，他说，他甚至准备好了地图。

我们知道，新的生活总是这样开始的，新的一天和新的

未来，以及在即将到来的时刻所产生的新的回忆：生活在别
处仅仅是一句祝福。

　　对此我们心照不宣：车票，时间……孕育于南方某种潮
湿气候里的腐朽气息（有时候，我们像迷恋一具肉体一样迷
恋于这种颓废的狐步舞般的炫耀），如果能打一个比喻，这气
息就像玛格丽特·杜拉斯在其小说《情人》一书中所沉浸着
的呼吸，让人有一点喜欢，也有一点不由自主。但生活并非
出于想象，它更加强烈和粗暴，当我们被它安排在一个又一
个看起来妥当的位置上时，我们会知道，我们将听到更为嘈
杂的声音：这声音真实地延展到我们面前，我们反而会不知
所措，像一个惊惶的人一样。

　　　　而钨丝因战栗发出了光。他自言自语着
　　　　旅行就是对地图的强奸，假如
　　　　距离束缚了人……

　　虚构是写作者的本能，一种生活方式和另一种生活方式
的差异有时候在于我们对虚构的认同态度。真正的旅行是无
所不在的，这正如温度计里的红汞时高时低：它造成了我们
的犹豫。现在想起来，旅行是我们对青春的一种固执的记忆，
它意味着新的、有可能的，甚至带有一点好逸恶劳的性质。

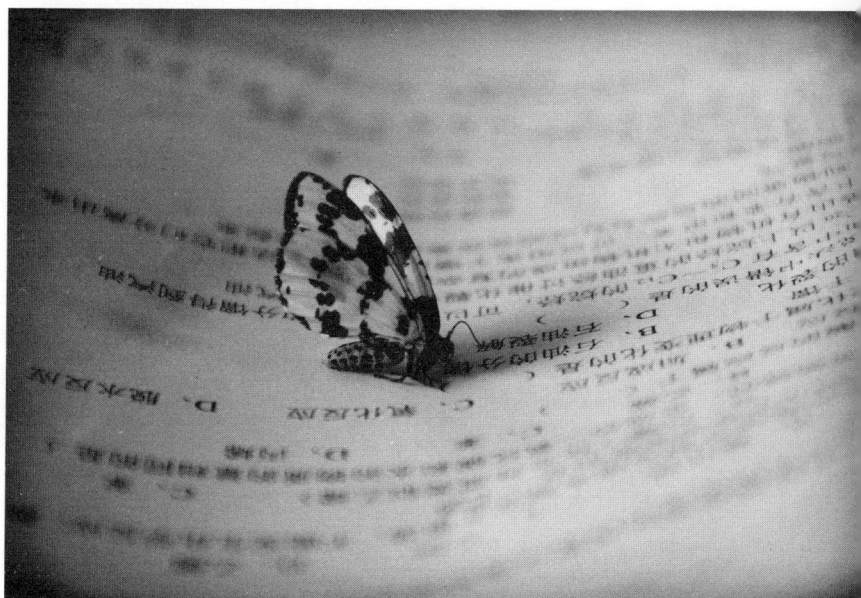

它阅读了哪一阵风，直到收拢翅羽

这千山万水，我们觊觎中的微光

不如看它如此剔透，化作了另一阵风

一旦涉足诗界，无论是处于边缘抑或所谓的中心地位，你都
无法拒绝那些闯入者，陌生的你是他们旅行的目的：这是相
应的。

在我决定追溯的第一个夜晚，雨像一位傲慢的朋友拜访
了一位郁郁寡欢的客人：雨声淅沥，灯光的阴影把我的投影
薄薄地敷衍于墙上，灵魂则是另一种姿态。那一瞬，或暧昧
或清晰的记忆浮现，我似乎在恍然中明白，自己就一直在时
间中旅行。我目睹，而且见证的许许多多的事件已经为自己
构筑了岁月的堤岸。这堤岸绵延于我们的内心。（多天之后，
我在修改这手稿期间，读到了由韩少功翻译的葡萄牙作家佩
索阿的《惶然录》，内中有"旅行者本身就是旅行"这一命题
的阐述，颇有趣，补记如上。）

有什么是值得记忆的？既然我打一开始就让自己处于旁
观的旅行者的位置上，那么首先，让自己学会诚实的写作，
这是一个态度。这之后，让一切重新开始，我们不要再去追
问旅行的终点。

我们，我们的态度

"我们"是一个特定的词语，就像博尔赫斯所定义的，所
谓世界，只是自己身边的几个人。

这似乎已经表明了一种态度，生活总是需要选择的，因而我们选择少数人成为自己交谈和倾听的对象。一开始我是盲目的，就像蜜蜂用舞蹈吸引它的同伴，我们用文字来缩短彼此间的距离……但后来随着时间的筛选，友谊渐渐变得理智和有硬度了。和许多人一样，我变得挑剔起来：因为已经知道很多，而且在所谓的文人间的友情里，不动声色的暴力无可回避，我们总是被假想的幻象所困扰。同时，在这个时代，国家的土地上到处弥漫着在经济中采摘的声音，调侃和调侃者成为历史的底蕴，时间的积累和履历的加深使我明白：当我有勇气说"我们"之时，这意味着潜在的勇气和责任，更多的只是同行的人。（在这个意义上，1995年以后的《原则》表明了韩高琦和我的一个态度：写作从一个层面上而言，它终归是个人的事，而同人类刊物存在的基础在于它的作者是理性的组合，拒绝任何流派纷争，我们在刊物上发表的作品是对自己所处生活的还原过程。）

诗人之死

当我写作此文之时，远方的朋友在电话里询问是否有兴趣为海子去世10周年写一些文字。已经10年了，生活似乎依旧，这中间所跨越和删节的经历不胜枚举，而我们对悲剧的渗透远比我们所理解的来得平庸和无味。

当年在海子之后抄袭着他的喉咙歌唱的那些诗人已销声匿迹，海子之死也越来越作为一个神话而显得遥远而缥缈。神话有时激动人心，但更多的是某种不被信任和脆薄的翻阅泛黄书籍时的恍惚。如果我的记忆停留在 10 年前某个阳光灿烂的午后，我想说，在我刚刚开始习诗的时刻，那一个黄金时代已快走到沉寂之时。表面上它显得喧闹而丰富，而那种浮华最后给予我们的礼物是致命的，比如我们说到的诗人之死。

诗人为什么自杀？在这若干年里，尽管诗歌日益呈现出与日常生活的疏离，但诗人之死依然被津津乐道，作为一些可以把玩的社会事件中的一项，自杀无疑契合人类灵魂中略显暗色的那一面。拿死人做文章一向是某些人所擅长的，死者不会开口说话，篡改意志的事情屡见不鲜，什么烈士啊，什么王子啊……吝啬于时人的不如慷慨地给予死者，因为灵魂不怕被打扰。

而作为一名诗人，一名始终对诗保持着敬意和信任的人，我所理解的海子是他那些光彩熠熠的诗篇（现在它们一再被误读、曲解）所显露的，是那来自生命内部纯净的呼吸。有时候，我不得不惊讶于那些语句所散发出来的力量，尽管它们对于我的写作毫无影响。在海子的文字前，我宁愿自己只是一名读者。一个好的写作者，所应该得到的待遇也许如纳博科夫在写完《洛丽塔》后所抱怨的：出名的是洛丽塔，不是我。

有一些偏离于文学貌似高深的腔调在骨子里是对同时代死者的侮辱。没有比误解所演绎出的故事更让人触目惊心了。设想在许多年之后，无所事事又寻找慰藉的人们会如何述说海子之死？也许有一种偏执中浪漫的软弱，而这是我们所难以忍受的。作为这个时代卑微的见证者，本末倒置的、善意的传说有时候让人啼笑皆非，感觉到世事无常之余的揶揄。海子死了，海子的诗集相继出版，模仿海子在那一两年里成为一种时尚，最后演变为诗坛上喋喋不休的鹦鹉学舌：词汇、意象的多次重复，使得稠密的血液稀释在多于它千百倍的水中，逐渐淡薄，从那一刻起海子成了一个商标。不正当的热爱是会杀死人的，无论热爱者还是被爱者。如果说海子之死是一个悲剧，那么那个时候，悲剧还在延续。

当然还有另一种腔调，因为感觉到暗中的压力，那冥冥中无可言说的压力，我们中的一些人以极端的漠视来维持个人的自尊，这我能理解。围绕着死者的论争几乎没有停止过，但这又有什么意义呢？代替死者说话的是他的文字，当我们以一种平静的心态重新阅读其文字之时，我们也许能有所发现。

多年前，当诗人死亡的消息在诗意的残酷中传到一只远方的耳朵时，他正在读希腊诗人里索斯的诗，其中那一行

"死亡是一句谎言"的诗句令他感慨万千,那一刻他若有所悟,那种感觉在多年之后依然固执地捕捉着他。诗人之死有时候是一种启示。对于别的人,他的死亡代替他们说出了生命中那秘密的阴暗,诗人之死所成就的也许是那些凝眸者。

名　单

我不想在这里罗列海子之后那些死亡者的名单,他们或者事出有因,或者仅仅是出于对黑暗(未知的神秘)的迷醉,更多的是因为时代的误解和我们的曲解。在过去的 10 年里,诗歌写作者层出不穷,但从来没有一份名单能说出一切:名单是现成的,挪揄抑或调侃仅仅出于个人的原因,而名单之外的存在则是变幻和流动的。有时候,变迁才是一切。

每个诗歌写作者都有一份自己的秘密名单。

70年代

"新生代""60 年代"……诸如此类的称谓形成了诗坛甚嚣尘上的风景,时至今日,缘于所谓第三代后选择写作的写作者的边缘状态,有人提议使用"70 年代"这么一个名词亮相,此后便是"80 后"和"90 后"了。而我以为,我们这些人的存在本身就是一种态度、一种立场，我们的存在表明了文学在商品经济冲击下还存在的可能，同时传递出了文学的延续性：写作是我们的一种生活方式。

日常生活及其他

另一个冬季在铲除困窘中度过。

五月里，白蛱蝶时常出没在我们那片森林。

夏季让动力割草机刈过去；秋季充满炽热的情感。

类似于纳博科夫诗句所描述的情绪在我们的生命中时断时续，儿童时期的白纸正逐渐被写满，我们被某种莫名的感悟所左右：生命也在这样的瞬间一点点流逝。诗，作为纯真年代的一份赠予，在往后的年代里显得更为忧悒，因为它的可遇不可求，因为它那种即兴的姿态。诗歌的面具被一种矫饰的熠熠笼罩着。

由于诗的缘故，日常生活变得不那么沉闷而流于形式了，大约在我开始对诗发生兴趣的那段时间，我生命中一些关键的人物和事件纷纷登场了：情书（诗的另一代名词）、自慰（对激情的曲折宣泄）、唾液（被忽略的细节）、白日梦（另一个层面的生活）、亲吻（生命在飞翔过程中的登陆）、做爱

（生和死、明和暗的搏斗）……最终这一切都显示出了冒昧和迟缓。在我看来，大多数诗人就肉体而言是纯粹的肉体主义者，我们迷醉和炫目于生命中的每一次狂欢，诗是在对它的探索中的小小节拍。如果本来毫无意义的日常生活被强制地赋予某种神圣使命，这无疑于堂·吉诃德和著名的风车（我把它视之为虚无，这象征因人而异）所进行的战争，那么剩下的问题在于：风车是否接受了挑战？这样的问题无足轻重，关键在于我们可以给日常生活蒙上诗的羽纱，诗使毫不出奇的生活变得可以忍受了。可以说，写作就是这么一个过程，类似于米肖所描述的驱魔，但也并非完全如此。

在日常场景中，我们以各自的躯体、用不同的形式存在着，这存在多半出于自觉，偶然有一些掺杂着不稳定的热情，诸如我们的渴望、我们倾诉的冲动和我们对某种程度上的叛逆的依附——俗话说，人生是一台大戏，闹哄哄你方唱罢我登场，对此我们当可会意一笑，这正是人活着的意义和有可能的轨迹。

朗　诵

对生活的凝眸最终造就了我们的喉咙，尽可能地委婉，也尽可能地铿锵：我周围的人，他们起伏不定的音色构筑成这个时代秘密的城墙，虽然有时候生活总是言不由衷。

当一个人选择了诗歌以外的生活时，他的另一面便被暴露了出来：他可能是晦暗的、犹豫的，也可能是粗鲁的、首尾不一的……诗使这一切得到了改变，它有时候是我们对生活的一种修饰，但我们又怎样才能界定在诗歌之中还是诗歌之外。也就是说，我们自己的喉咙、我们自己的声音，我们要怎样发现并且深入挖掘出来？

这一切都有待于时日。

接近于无限美好的伤感

春天也是这样细细溜过去的吧

若干年来，每年春节过后的上班途中，坐在摇摇晃晃的公交车上，在低头看手机或者是打瞌睡的间隙里，如果阳光灿烂，每次车到中途，总是忍不住透过车窗张望，心里盘算着时日，想着那一树云蒸霞蔚的樱花是否盛大开放。也是在这个时候，突然想，这一年的春天已经在了，就像最爱樱花的日本人大岛蓼太的俳句："不见方三日，世上满樱花。"

春天也是这样细细溜过去的吧。说到春天，气候回暖，万物生长，一派欣欣向荣的风景，但有人就是会伤感，像是《红楼梦》里所描述的伤春：看到春天，想到韶华流逝，想到岁月消磨，而如果春雨淅沥缠绵，敏感的心一定会有所感触。日本的俳句用来伤春或许是最合适的文体，因为它的短，和春天一样的短而克制。

写俳句的大师松尾芭蕉还有这样的喟叹："匆匆春将归，鸟啼鱼落泪。"春来春去，实际上都是那么恍惚而暂短，像是凝视着光阴溜走，一开始没发觉，但看得久了，会突然察觉到它的蹉跎，伤春也许就是这样而来。

但这种伤感若有若无，接近于我们旅行时的那种对时光消磨的奢侈，有着美好的感伤。

或者是，接近于无限美好中的伤感。伤感，是出于对美好流逝的恐惧。我们生活中小小的萌生于心底的奢侈，人，终究是情感动物。

不同的春天

"一把小菜，一块煤，此乃我春天。"同样是日本诗人的小林一茶却这样抒情，这是一种阅尽人间春色后的从容。同样一个春天，在每个人的眼里却不同，比如食客看到的，一定是春笋、马兰头等时蔬，而旅人看到的，或许是春潮之下山川的秀丽和壮阔。

不同的心境带来不同的春天，用我少年时喜爱的武侠小说作家古龙的话来说：春天在心中。

以时序而言，春天就是一个过渡，从寒冷走向一年中的炎热。有一个词用来说春天的冷非常的精准。当冷空气杀到春天时，我们通常说是春寒料峭并叫它为倒春寒，而"料峭"说得是多么传神啊，它不同于我们说冬天之寒冷时的"凛冽"，那是多么的重！"料峭"更像是一种哈气，从我们身体幽秘的暗处静悄悄地吹过来，几无察觉的，让皮肤泛起细微的战栗。而"倒春寒"的说法同样传神，带着一种时序颠倒的无奈。

汉语中的这种微妙，似乎要沉浸于其间才能够品味，而某种东方哲学的韵味正是这样渲染开来的。

描述春天的词汇和诗篇数不胜数，如果用关键词把它们分门别类，比如美丽、忧伤等，应该可以做成一系列的书籍。但这些对于旁人来说都是雾里看花，要了解春天，得融入其间，在自己的体会中得到春天的图景。

我们所度过的每一个春天，在时间之旅中走得老远了，再回眺，发现往往都是虚度的。反倒是一些曾经有些遗憾的细节，在时间的雕琢下，呈现出栩栩如生的姿态。

像一只想拉而未拉的手，像一瓣想吻而未吻的唇……

所有的喧嚣都在积蓄

春天还有一个醒目的标志便是桃花开了。在我所居住的城市，桃花十里笑春风。桃花的开放是热烈的，和稍晚于它开放的樱花相比，有一种大家闺秀的踏实。就我个人来说，桃花不是特别地吸引我。在外出踏青时，吸引我的是徜徉在桃花和垂柳下叽叽喳喳春游的孩子。

大抵来说，动物的童年都是憨态可掬吸引人的，鸡鸭如此，猫狗如此，老虎狮子如此，人也一样，我们这里有一句民谚说：养子日日新。在童真的打闹和喧哗中，有多少远大的前程在暗中许给了他们。

再以后，油菜花就开了。油菜花开的时候，那些过于敏感的人又开始"犯病"了，人们把这样的人叫作"花痴"。仿佛春天是一个使人浮泛的季节，太活络了，不能脚踏实地。

很多事都是在春天发生的。在春天开始的时候，如果我们到空旷的田野上，那些在江南的田野上站立的树，会让你有一种很奇怪的感觉，因为叶子还没有蓬勃，没有来得及燃烧出春天的火焰；如果你看得久了，会觉得这些树正在向你走来：苦槠、甜槠、小叶栲等树的枝叶还没有完全舒展开来，而红栲、樟树等高高大大的树种间，我们会看到那些在风中孤零零的鸟巢，像是灯笼。

这个时候的春天还是平静的，所有的喧嚣都在积蓄：首先是从那些星星点点的野花开始的，它们竭力发出自己的声音，这声音开始如潮水一般席卷，油菜花和着大地的绿色开始烂漫地燃烧起来。很多事，慢慢地发生，以春天的名义。春天可以是一个借口，我们总不会抱怨绽放的新芽的错，而春天是轻的，甚至让我们因春困把光阴虚度。

因为后面的春天很快就不是春天了，在簇拥着的热闹里渐渐变得面目全非。那个时候，春天就过去了。

或许，是因为它在春天里

春风里，很多事都是可以原谅的，正如花香有着触手可及的明晃晃，而蜜蜂和蝴蝶已开始忙碌，它们的舞蹈是对这个季节的触摸。天空中除了普通的雀鸟，燕子那流利的身影，即使在城市也时常可见。如果在乡村，哪一户人家的屋檐下有燕子过来筑巢，这预示着这家人将有好运气。

春风让人沉醉，我想着从自己的记忆里望过去，固执、单纯，那么的清澈见底，如果爱，也是那么的不顾一切，现在不会这样了，日渐浑浊才是人间正道。

去年这个时候，我们一帮已经中年的男人相约去了钱塘江边，那时江畔的油菜花正怒放，我们说，这是一次"扫黄行动"。一群人去一处地方，尤其是自诩文化人的，免不了要感怀一下，在这消磨时光的过程中，当然也免不了觥筹交错，免不了微醺，这些都和平时的很多次应酬一样。但这一次，时间过去了许久，这个春天早就走远了，说起来时我们依然感慨其中的美好，但如果想要在记忆里抓住一点真实，我发现也一样抓不住，它就是一个平平常常的日子，像风从我们的指缝间吹过。

或许，是因为它在春天里。

或许，是因为"老夫聊发少年狂"。

花谢花开

其实说到春天，于我，最先想到的是一曲江南小调，歌词好像是这样的："春天到来绿满窗，大姑娘窗前绣鸳鸯……"

明快的旋律和思春的憧憬跃然于心，我第一次听到它的时候还很年轻，嘴角刚刚长出一点点的胡须，正是属于我的春天的时候。这个旋律总让我蠢蠢欲动，但又不明所以。

现在的我，早已过了身体的春天，如果一定要找到春天的痕迹，那么心里应该还有一些氤氲，但每每说到春天，首先会回荡在我脑海中的，还是这熟悉的旋律。

花谢了。花开了。

花谢花开，是我们生命里的秘密，我的春天已经被留在了身后，而外面的春天总是一如既往地到来。

坐看云起时

采　桑

在我家附近的空地上，生长着一株桑树。

桑树孤单单地沐浴于灿烂的阳光和绵绵雨季中，它挺立、发芽，枝繁叶茂，而后结果。果子由青转红，由红转黑，坠坠地在枝头沉下来，吸引我的注视，止住我的脚步，忍不住采撷几粒。

记忆在咀嚼中默默复活，像是体内那尚未凝结的童年岁月。若干年以前，在这城市的西郊，只有狭窄的小路和大片大片的桑园，我们活跃在绿色之间，满嘴乌黑地消融着我们童年和少年的欢乐。这欢乐在当时并没有太多感慨，而岁月的过滤使它犹如一线脆薄、透明的闪光。回首时我们已经成年，和其他人一样在这座城市工作、恋爱、生活。

采桑的回忆越来越多地重现于我的怀想。我想，自己还年轻，尚不是个怀旧的人，为什么这记忆会如此深地挽留着我呢？

它似乎更多的是一种象征，一份时光悄然的给予：单纯、轻盈、充满光明的质感。

桑树在它的梦中向我走近，几乎融合了我。在那里，无忧无虑和童真的叫喊依然回荡着，依然是一种牵引。

而城市和我一样沉默着忍受变化。弹指一挥间，生活的积淀使我到了现在：一份不算太糟的职业，一些不算太坏的打算，却失去了那种在桑林里被农家的黑狗狂吠追逐时的恐惧。我含义明朗地理解着生命，知道自己所需要的努力。

只是不会再有采桑时那种太单纯的喜悦，那太纯粹太昂贵。

这座城市在这些年日益成熟。西郊的农田和桑林渐渐演变为居民住宅，不知不觉，让我们以为这城市本来就是这个样子的。每年的六月，黑紫黑紫的桑葚在农贸市场可以买到，几块钱一斤，滋味和以前的也大抵一样。

一切在变化中让我们习惯：岁月的消逝，原来只是像一次蓄谋已久的滑落。我不是个感伤主义者，都市文明极大地诱惑着我，只偶尔有几缕迷惘，说不上好，也说不上坏。

我的手探向那几粒饱满的、黑里透亮的桑果，一个稚气的声音传来："爷爷，楼上的叔叔要把桑果采完了。"

一个漂亮的、粉雕玉琢的女孩，歪着头打量我，她聪明的眼睛有些许的遗憾和祈求。我缩回了手，向小女孩抱歉地笑笑。走在熙熙攘攘的街头，阳光晒得我像一株黑黑的桑树。

庭院里的桑树孤单单地留在我暗中的凝视里。

向日葵的故事

我带它们回家仅仅是因为喜欢它们。我悄悄地决定做一次偷葵花的人，且为此做了充分的准备：在街头的小店我购买了一把裁纸刀，这时候风正紧。

细长的裁纸刀正好装在我的裤兜里，冰凉的刀锋贴着我的掌心，让我感觉到这是一件重要的事。夜色中，我割下了其中两棵向日葵，它们的叶子在如水的月光中流动，两颗饱满的头颅——那全部精华所奉献的图像，虽然现在它们没有转动。带着它们，直到把自行车又骑上一段路以后，我转过头凝视那一丛向日葵，黑暗里我什么也没有看见，而白天它们曾美丽得让我目瞪口呆。

现在我有了自己的两朵葵花，它们在我的身边呼吸着，金黄照耀着我，它们是那么绚烂。

记忆却莫名其妙，我固执地幻想向日葵表达了我某种生命的过程，这实际上也是对自己的一个误解，某种隐秘的牵连很难说清楚，比如似曾相识的人和物，重要的只是我喜欢它们。

早些年，即使在城市，向日葵这一类的作物也随处可见，后来水泥不断漫延，我们失去了很多曾经平常的事物。也许在另一些地方，它们依然是平常的。它们早就不知不觉地渗透在生命中，成为我们欢乐的理由。

我带了两朵葵花回家，把它们插在两只喝空了的啤酒瓶里，放置在那堆我从海边捡来的贝壳和海螺中。海和花，都是我所喜欢的。我想葵花会喜欢那残存在瓶中的酒的清香，正如那天我蓦然看到那丛向日葵，不由以为是这个城市的奇迹一样。

现在好了，房间里洋溢着白昼的香气，我的充满了书的单身汉的房间，漂浮在这自然的光泽中。

作为花，向日葵并无那所谓的花之妩媚，它只是健康、生动。原来我并不喜欢这种过于咄咄逼人的明亮，但也许随着年龄的增长，自身的激情已悄然退潮，这使我期盼葵花般裸露的热情了；也许是因为凡·高，那个在生活中穷困潦倒又不屈不挠的艺术家，他画布上那狂热燃烧着的向日葵已经灼伤了我。

对于我，这是一个谜。在我内心的走廊里经常有这样走动的声音，而我不能做出回答，这是心灵自己的秘密，我对自己又能了解多少？

　　我简单地快乐起来：为海和花，为辽阔和温柔，这是两种人生境界的个人倾听。若干天之后，有一次我想起自己割下了两株向日葵的头颅，然而那丛向日葵已凋谢了。我内心的阴影却晃动着：有一些美总必须付出代价。

　　后来我出差了，有半个月，等我重新回到自己的小屋时，葵花的精灵已经走远。瓶颈上它们枯萎成黑黑的一团，兀自寂寞着。我捡起它们，打开窗，奋力向楼下的小河扔去，葵花的残骸在空中画了一条稍纵即逝的曲线，后来就被流水带走了。

　　但还有一些黄黄的花粉沾在那些贝壳上，像葵花的遥远的梦。我曾经喜欢许多东西，也曾经喜欢过许多人，但有一些走远之后，一点痕迹也没有给我留下，留下来的是那把裁纸刀，细长、冰凉，到现在它还静静陪伴着我，像一个伤口。

沉默的碎瓷

　　上林湖是古代越窑的遗址，位于宁波慈溪，迄今已有上千年历史。我们去的时候，正是枯水期。丰水期湖水的水平面下降了数米，这使沉没于湖底的瓷片裸露了出来。它们簇拥在一起，仿佛历史的眼眸凝视着我们。

　　历史向我们发出了邀约，让我们在时空中谛听，让我们和清风一起沉醉。

从现在的上林湖周遭的格局来看，我们很难设想它曾经的繁华：时间改变了一个地方。但作为瓷器市场，它曾拥有过的喧闹无可置疑：精美的瓷器出窑了，一时间商贾如云，用船载，用担挑……瓷器像水流一样流向人们的生活。在那样的年代里生活，想来有我们眼前所呈现出的青山绿水般的古典。

我们踩在那一地的碎瓷之上，如同徜徉于历史的迷宫：有多少故事？有多少的曲折？此时此刻，在阳光中跳跃着的翠绿的蚱蜢便是一种倾诉。上林湖所能辐射和涵盖的内容实在太广大和深入了，以至于我的一位从未来过此地的朋友，在他的小说中，把两位虚构的（抑或是内心的某种期许和镜像）唐代文人的相会安排在上林湖。他觉得这样的邂逅太有意思了，仿佛是隐约中的激情。

破碎的瓷片深深地陷入淤泥，似乎在证明光阴的悠长。我们俯身，以劳作的姿态审视着、挑选着，我们不由自主地采用了这样的姿态：劳作是生活的根本，这世上没有不劳而获的事。这一湖的碎瓷在许多年之前，曾经经历了火焰和梦想的锻造：它们曾经是一些泥，它们曾经只是一些泥，但被那些独具匠心的匠人挖掘了出来，它们被制成泥俑（这仿佛是那些平淡朴素的语言在大师的手中被雕琢出熠熠光彩一样），又被投置于密不透风的高温中（我们的生命中也有过多

少这样的时刻）。它们现在完成了蜕变，化蝶般地高蹈于时代
与时代之间，它们的声音是一个时代的声音。我们能从它们
的形状等方面看出一个时代模糊而晃动的背影，而那些抄袭
的赝品是无法承担这责任的。

　　我们脚下这些被打碎的瓷片，据说都是当年在制作过程
中被检验出的不合格的瓷品。由此可见，古代越窑制作工艺
的严格和对产品要求的规范。但这些破碎了的瓷片并没有在
岁月中化为齑粉，它们被历史的记忆贮存下来：

　　　　碎了的舞蹈，赤足狂奔的时代
　　　　也许一切坠落，沉湎于
　　　　一个姿态的回忆。波浪
　　　　已经磨平了卵石的棱角

　　　　蝌蚪们在那里徜徉，弱小的
　　　　却活着忍受了喧嚣：
　　　　它们被不断地复印着，意义
　　　　在于呼吸乃至被干扰

　　这样的感慨，我想未必只是我一个人的。
　　瓷器如人，我有若干的惆怅和喟叹，也有若干的明白和

启示：和瓷器一样，只是时间上的长短不同，打造一个人往往需要数十年的漫长，而瓷器只需数天的煎熬。

窑门被打开之时，有一些瓷器便被彻底地淘汰了，另一些则灿烂地占据于视线与时间的深处。

在那一地的碎瓷中，我们找到了一些图案和花纹，它们往往给予我们一种残缺的美。它们或细腻或粗犷、或明亮或拙朴……它们在我们的收集中，散逸出一种秘密的温度，一种让我们触摸历史的方式，但我们所知道的一切又都在沉默中，像一部拉美作家的小说名字：请听清风倾诉。

清风为我们弹奏着，只要那阳光还是温暖的，而瓷片上的釉彩在阳光里被折射出绚丽的光辉，仿佛是阳光的触足，瓷片也仿佛成了阳光的痕迹。这种感受神秘而持久，尤其是想到"瓷器之国"时，手中的瓷片便成了我们和阳光之间的媒介，一时间恍然有太阳之子的感受。

阳光下，以自己的方式，我聆听着。

百年墓园

午后和朋友去看外地来的朋友，他住在一个好地方，既热闹、又僻静，通常是不对外开放的。我们去得不巧，他刚离开，也许要过上几小时才能回来。我们决定留下来等，因为这个朋友是我们未曾谋面但十分敬重的师长，而且我们又不知道今后几天还能不能再抽出时间专程来拜访：大家都很忙，说不清楚的忙乱，在生活中有时无法实现自己的心愿，哪怕这心愿如此微小和简单。

走远一点就是坡地上的茶园，灌木蓊郁，被午后的阳光照耀得异常清爽。有几堵旧墙，很斑驳的模样。有一个小小的池子，水很静很绿，映着本来朗朗的天也成了一团幽深。行到池边，池对岸的草丛中倏忽掠起一只晶莹斑斓的鸟，叫声清脆，震荡出一派祥和清新。几百米外古刹山门前的喧哗隐约传来，显出隔着一层玻璃般的模糊和不真切，人心有些缥缈，依稀有想抓住一点什么、又抓不住的感觉。在旧墙边傍墙照了几张相，沉思的、含笑的、严肃的……也不管它效果好不好，只是喜欢这矮矮破旧的泥墙，有种怀古的情调。猜想一些年之前这里或许是一户殷实的种田人家，心里就莫名的亲切。阳光灿烂倾洒，我们沿着茶木间的小道边走边谈，扯一些或实在、或漫无边际的话，我和友人性情相投，很多话都说不厌，该算有缘。

突然间那块矗立着的石碑闯了进来，它在茶园的中心位置，原来我们一直没注意，这时才觉出它的触目。无风，这灰暗的碑更有了沉重和一丝说不上的萧索，像一个没落的贵族，在一群生命力旺盛的孩子间。

我们走过去，因为好奇。脚下的小径不知何时有了几分上坡的台阶的模样，更让人惊讶。一只黑犬从茶丛中钻出来，朝我们疑惑地张望，我们怕它，它也怕我们，它狺狺叫几声一溜烟儿绕过那石碑就不见了。我的心静而虔诚，为这陌生的打量，这会是谁的碑？它有着如何辉煌的历史和悠扬的年代？显然它早于这茶园。在这山清水秀、香火鼎盛的角落之侧，我想着自己能否把握到这其间的秘密。

终于趋近。碑下还卧着一尊硕大的石龟，龟鹤延年，古人崇龟，很多庙堂至今还可见它的形象。石龟只剩下一个空空的颈，古怪而悲愤地向着天空昂立。石龟头部早已在过去漫长的岁月中遗落，更添着一点无奈和茫然。碑正面的文字一个也认不清；碑反面的文字中，由残存的部分大致可得知这是元代某王姓侍郎的陵园。姓王的侍郎当年好风光，站在碑前四处张望，可以想见当年这陵园的规模，主人该是如何的大富大贵、极尽朝廷恩宠的！先前拍过照的那堵旧墙似乎是旧时守墓人的居所，不觉有些黯淡，心里泛上如许的阑珊，百年如一刹，昔日的繁华一时都凋落了。姓王的侍郎，你可能猜出数百年后两个青年不经意地闯入你的憩园，这憩园已经颓败，他们不知道你是谁，只倏忽地感到时光的飞逝。

元朝由蒙古族建立，民族歧视非常严重，汉人能做到高官不易，想要风光更难。这姓王的古人许是十分睿智，洞悉一切人心的机巧，蒙古族和汉族又有什么不同呢？悬梁刺股、卧薪尝胆、指鹿为马、阿谀谄媚……我和朋友信马由缰，兀自揣测。我想不起哪部书上记载过这王姓侍郎的故事，也许《元史》里有。但历史上的高官若用线串起来，我想不出该有多长，只觉得空虚。杭州是江南名邦，名邦自有名士风流，遗落一个人是如此的容易。或许时间只能记忆那些在历史的长廊内吸引人们视线的人物，像精忠的岳飞、闲适的白居易……甚至像明媚不可方物的苏小小，抑或是臭名昭著的秦桧。能留下来、口口流传的名字总是绝代人物，其余的都太通俗了，通俗得让后人失去咀嚼的兴趣。

黑狗从远远的坡下钻出来，支着耳朵朝我们看，它才不管这些琐碎呢！我冲它吼，吼出一腔逍遥的快意，望着它任性而通脱地在这青山绿野里跳跃，我有些羡慕。一路无话又踱到池边，朋友说："这里面蕴藏着极深的故事，可惜光阴把它拂落了。"我默然，活着，谁不曾是一个故事呢？

日移曳过池塘，微起些风，池边一株枫树上未落的叶子悬晃着，红得炫目，像一簇不甘熄灭的火焰。我回首在心里说着再见，石碑如一个生命的休止符，一记深而绵长的叹息。

再见，王侍郎，你只属于你那短命暴虐的王朝，不属于整个历史，我终将再次忘记你，忘记这次偶然的邂逅，这是你生前显赫的权势所无力阻绝的悲哀。

不需要打开这流水，如果

白云递过那空无之火

顺流而下的，是那些疲倦微微摇晃

它们能够听见远方的喧哗

碗窑行

若干年后，当我再次来到碗窑，心情一如当年的那种恍惚。尽管去碗窑的路已经修得很好，尽管碗窑已经成为一个收门票的景点。

它一如当初的寥落，这寥落其实恰如其分。碗窑是一个小小的村落，傍着山势而建，有涧水潺潺从整个村落流淌而过，间或有几只毛色斑斓的鸡在草丛间出没，它们的嘈杂往往使周遭的环境有不同寻常的静谧，一种在宁静被打碎后更加莫测高深的弥合。远远地从高处往村落的进口处看，偶尔走动的几个人像是梦境的点缀，犹如我所钟爱的德尔沃画作中所散逸出的那种气息：一种神秘的安宁。这就像碗窑进村口不远处那两株长成了树的仙人掌，它们的花朵怒放着。这仙人掌的成长让我感到生命的恣肆和狂野：在饱满的汁液里，自在而毫不拘束。

现在在碗窑居住的村民已经很少了，人们总是向往外面的世界。我们沿着村子里的石阶拾级而上。很多门扉就这样掩实着，我不晓得它们已经掩了多久了：在我数年前路经此处时，有几扇门扉之后还有一些老人的身影出现。这是生命必然流逝的过程，但想到这里曾经是一个繁华地，还是让人不由自主地慨叹。比如说村子中间的大戏台，当初曾演绎着多少的悲欢离合，见证着多少的乡情民俗，现在它只是空虚着，像一只隐忍的兽。碗窑民居的建筑据说是很有点特色的，我并不懂，对于我，有些颓败了的景致似乎更引出些意兴来，这自然是文人迂腐的病根。就如这村子，在经历它的黄金年代之后，多半有些年月沉积的韵味，而正是这韵味让我喜欢。

窑依然敞开着，但已经不再烧碗，取而代之的是烧制那种厚实的实心砖。在那些封了口的窑洞前，你是找不到昔年制碗盛况时有过的蛛丝马迹的，那一切仿佛随着火的熄灭已经湮没，湮没成冷冷的灰。这让我看到时间的真实，那种没来由的迷惘真是毫无价值。我们在碗窑逗留的时间一如我上一次一样的仓促，或许这样才像是旅行。

我喜爱着碗窑这小小的颓败。"当时明月在，曾照彩云归"，这词句正是我此刻的心理写照。我企望有这样一个夜晚：月牙清冷，而我在这古旧的村落里漫步。但我以为就一个晚上也就足够了，多了我会厌倦的。在离开碗窑的旅途上，我一直昏昏欲睡，记忆里的湮没恍然如昨，这像极了一次邂逅。

夜宿太子庵

去天目时已秋凉了。车过山门，一路上枝叶婆娑，光和影透过树叶和树枝间的空隙筛下来，让人心幽静且寂寞。伸出手，似乎抓住了一手湿润的情怀：空气里是一种无名的芬芳，和我们忙碌而恍惚的日常生活大相径庭。

这一晚便住在了太子庵，现在的天目书院所在地。相传此处为梁代昭明太子萧统的读书处。在中国文化史上，昭明太子具有极其重要的地位。因为皇室内部的倾轧，他离开了权欲横流之地，在这竹林遮径、山泉溅玉的处所，韬光养晦，编撰《文选》三十卷，编译《金刚经》。值得一提的是，《文选》是我国现存最早的诗文选集，唐代以后往往把它当作学习文学的教科书，并形成"选学"这一门学问。

此刻山风弥漫，繁星满天。因为空气清洁，星光灿烂远胜于城市的夜空，显得如此清净而高远。人的思绪在竹叶摇曳汇成的林涛中积淀。黑暗中有不知名的夜鸟偶尔啼叫，像一种温柔轻轻撩动人心。

无来由地有些迷惘：萧统这位阅尽繁华的太子隐身于这样一处幽僻的名山，他又是怎样的心境？也许有些阑珊，也许有些疲倦，又或者有些隐约的喜悦。在这种山风徐来的清新空气里，萧统将自身如花般绽放，得到了个人所能抵达的最大价值。在今天的太子庵内，读书楼东侧的一池泉水有个美好的传说：清冽的甘泉终年不涸，传说昭明太子读书，双眼瘴，用池水洗眼，双目复明。

这也许是读书人至深至美的祈愿了。在漫长的读书生活中，许多有价值的、宝贵的东西在渐渐消失，失而复得是何等幸福！洗眼池是一个丰富的象征，我想起阿根廷诗人博尔赫斯，20 世纪后半叶被许多人称为"当代荷马"的诗人。他的一生消磨于书籍，他在晚年如此写道："时间，渐渐夺去世界在我眼里的反映。"在失明的情况下他说："我再说一遍——我失去的只是／事物虚假的表象。"

　　这样的诗句也许也曾在萧统的脑海中轻轻掠过，而这慰藉来自个人的勇气和他对生命的认识：他知道什么是重要的。

　　博尔赫斯也可能就是萧统。这是博尔赫斯式的幽默，时间既是一个封闭的迷宫，同时又无限地开放，它为我们奉献出值得记忆的形象：此时此刻，时间和人物是叠映着的，而跻身于记忆的并非通俗意义上的偶像，只是我们对生命的一种态度，或一种专注的方式。

　　在秋凉如水的夜里，我用自己的方式和历史说着话，几乎可以听到萧统吟诗的声音了："无羡昆岩列素，岂匹振鹭群归。"

时间尽头的余温

一个意外的开始，在闷热的一天
我永远记得那一天，有一些东西
形成了缺口。在我生活的年代
它似乎是真相，但无法说出
它似乎是禁忌，改变我们的态度
它悄悄地来，偷走我们的快乐
它始终站在那里威胁着
每一个向它张望的人。

——《医院里的小启示录》

在一个平平常常的日子里

有一些日子注定了让你刻骨铭心，不是它有多么甜蜜，或者多么幸福，而是因为疼痛，或那个日子就是一种断裂。于我，2002 年 5 月 1 日便是如此，这个沉闷潮湿的日子一直捕捉着我，在我的余生，这个日子就是一道门：我触摸到世界的黑。

一个平平常常的日子，我带着当时 2 岁的儿子在动物园，儿子懵懂而煞有其事的言辞每每让人莞尔。电话响了，我不知道它当时震颤出的涟漪会是这样的固执而空虚，形成长久的空白。电话里父亲是少有的焦灼，说快点到医院来，要不就见不到你妈妈了。2002 年 5 月 1 日，沉闷潮湿的天气，下午 3 点多，杭州南山路一带的交通同样沉闷潮湿。

在父亲一次次的催促中，我们终于赶到了医院。

脑干大面积出血。救，还是不救？医生说很不乐观，那么要强的、要体面的妈妈再无力表达自己的意愿，那一年她58 岁。

救，全力。这是当时我们的态度，也是后来行动的准则。

妈妈在医院的第三天，陪夜一晚的我出来，街上行人渐渐和变亮的光线一样增多，我独立在他们之外，他们每个人看起来是那么的幸福。在这种茫然中，我再也克制不住，蹲下来，不可遏制地啜泣起来，全无男人的形象和风度可言。妻子在一旁看着我哭，在我哭累了停顿的时候，她说，好了，回去好好休息，后面的日子还很长。

化为灰烬，但犹有余温

妈妈走了已经 5 年。在这 5 年里，去墓地祭拜也成为一个规范动作，一般是在清明和冬至。有时候我想妈妈了，也会在随便一个日子过去，带一束花，或者什么也不带，就是把墓碑拭擦一下，然后看着她的相片说说话。我知道这没有什么意义，我们所做的有意义的事情其实也不多。

在瘫痪卧床 10 年以后，2012 年 3 月 6 日，妈妈终于脱离了时间的控制，离开这个让她无限牵挂，又让她受尽煎熬的尘世。我想说，在漫长的 10 年光阴里，她口不能言，人不能动，脑干被血冲击后部分钙化，等同于植物人。离去，对于她真的是个解脱，如果她能选择，按照她的个性，也许早就走了，她是一个羞于麻烦别人的人。

公墓的墓碑整整齐齐，一排排，一列列，依着山，既缄默，又沉沉压着我们的视线。

有的时候，我走过去的时候，会读一下上面的字，看得多了，会发现这是一部生死之间的天书，也是生死两个世界之间的钥匙，里面的人和外面世界的联系密码：一个人生活时候的大概状态，一个人的时间长度……墓碑就是一面镜子，隐约照见可以辨认的容颜，彼此相似，却又不尽相同。

只有哀伤是一致的，就像风是他们的低语，而阳光稍纵即逝。

生死契阔，都凋谢在他们的时间尽头，化为灰烬，但犹有余温。

医院里的小启示录

妈妈倒下后到当年 11 月出院，抢救了近半年，对于我们家而言，就是一场兵荒马乱，我们的疲倦显而易见，但事后去想的时候，这实际上是一种本能：对爱的本能。

整整一个月了，依然沉睡着
偶尔睁开她的右眼，像她以前所说的：
"人生在世，睁一只眼
闭一只眼……"这是被迫的
比如她这样躺着，保持着
一个姿势，有时仍会有痛苦的抽搐
来自生理。我已经疲倦。
像我二十一个月的孩子，对于这景象
既吃惊，又有莫名的猜测

为什么那么陌生？当熟悉的怀抱
和安全的气息，被来苏水的味道
所掩盖：一个人藏起了她的脸

　　这是我后来写的长诗《医院里的小启示录》中的第一首，描述了当时的场景，正如今天回望，当年的撕心裂肺，当年的夜以继日，当年的酸楚劳累……都未尝不是一种握住：妈妈于我，曾经是这个世界的全部。之后是这个世界中最重要的，又一直是我依赖的，这不是因为她的学识，或她的善良。她很平常，就是一个多少还识字的妇人罢了。在她的身上，有着人常有的虚荣和缺点，但她是我唯一的、生命的源头，和我今天之所以成为我的原力。

　　在这个世上，她在的时候，也是一滴水之于大海。水与水可以互相照见，这是我以后在人群中有时候会找到类似妈妈的气息的缘由，常常会有些迷茫。

　　她的血还在我的身上流动，她的余温还在呵护着我，而那个她病倒前始终张开双臂要她抱的孩子，现在已经是一米八的阳光男孩，很快也将有自己的生活。

　　　　　　她形成了一个空缺

　　我们终究畏惧于死亡和其他未知的事。但在我们正常的人生里，生老病死是一个无法回避的话题，它和地心引力一样固执，最后，它有孤寂的影子布满我们的呼吸：它存在着，像令人倦怠的事物等待着发掘，它不多、也不少，从来不会被轻易挪动，它有自己的脾气。

　　我慢慢开始这样去理解生命的秩序：人的承受力其实是很大的，在最初妈妈病倒后那阵手忙脚乱过去后，一种新的秩序慢慢地建立。在妈妈后来卧床的那些年，我们很幸运地先后遇上了两个很朴实的保姆，她们的精心照顾，加上妈妈身体其他方面机能的强劲，她比一般的全瘫病人活的时间要长许多，前 8 年也没有出现诸如褥疮等瘫痪病人的常见症状。

　　但生理机能在后来慢慢变得紊乱，睡眠时间越来越长，能认出的人也越来越少，她的世界越来越狭窄了。

　　我看着她，常常会有悲哀和忧伤，偶尔会有不好的念头窜出来，这样活着，真的好吗？这是一个太大的命题，但有时候，我承认，我希望她离开，离开了就再没有苦痛。

　　然而，每一次出现状况时，我们还是去抢救，去挽回。

　　这种矛盾可能就是我们生活中犹豫的态度，因为妈妈已经不能表达，我们无从知道她的意图，只是一厢情愿地让她活着。也是直到她离开了，我内心的那种空虚才让我猛然醒悟，这 10 年，她是为我们活着的，她被迫用这种方式最后奉献对家人的爱。

　　最后，她形成了一个空缺。

她只是跑到了时间之外

在妈妈走了以后的5年里，我只梦见过妈妈一次，是和我说个什么事，一如她健康的时候，醒来后我茫然若失。但她这一次后就没来找过我，或者她找过我，而我并不知道，这符合她的性格，她怕我伤心。

生死之间，我们该如何测度这距离？我总觉得死有一个危险的高度，它有着残酷的诗意。当易朽的生命彼此生疏，或者彼此模仿，每一个人都会死去，肉体被轻而易举地消灭，而不朽的是否能够用声音表达？在我的身上活跃着的，也是否来自暗中的光阴？我们一代代源源相传着的，既让人疲惫，又不可拒绝，这种基因遗传的秘密，是否是我们存在的基础？

她只是跑到了时间之外，而我们还被封闭在时间里。墓碑上她依然目光和煦，还能让我感受到淡淡的温度。5年了，也许在我的有生之年，我依然活在她的影子里，并且，我会尽可能地活得快乐和积极。有一天，等我活完了我的时间额度，我们的时间会再次重叠。

当时明月在，曾照彩云归。

第二卷

庭　内

一曲溪流一曲烟

若干年前，因为读到一篇文章，说的是郁达夫和俞平伯等人在杭州时，常常于烟波浩渺中相偕泛舟西溪……内心便很是向往，但西溪的名声在那时候几乎湮没无闻，就仿佛那匹渡赵构过河的泥马，转身之间，它在漫长的光阴里消融了。

现在我们能看到的西溪，其实只是它的一段，但也能让人心旷神怡了。溪流曲折，岸边的景色时而稀疏、时而茂盛。有风，若隐若现地想到那些名字，他们在这寂静的河面上流传着……而正是因为他们，今天的西溪有了景致之外的风情。

在途中，或许让他们看到了芦苇的"灵魂秘密"

据资料记载，西溪曾梅树成林，泉井清澈，在明清时期，与灵峰、孤山齐名为杭州三大赏梅胜地。西溪曾香火鼎盛，寺院众多，东晋咸和年间有古夕照庵、唐贞观年间有永兴寺、五代年间有永乐庵。

西溪曾引得历代文人骚客留下各类墨宝——康熙皇帝南巡西溪时，曾御笔留下"竹窗"两字和宸翰五言诗一首；乾隆也曾在此作《西溪探梅》诗一首。

或许正是因为这样历史的渊源，西溪一直以来是邂逅了它的人所牵挂的梦乡——

我试一试芦笛的新声，在月下的秋雪庵前。

许多年前，诗人徐志摩在远赴西伯利亚的路上突然有所感，他也许是想起了秋日芦苇萧瑟曼舞的影子，又或者是想起了那些一起泛舟荡漾的友人，他提笔写下了《西伯利亚道中忆西湖秋雪庵芦色作歌》。徐有一个笔名叫作云中鹤，西溪便是这只云中逍遥的鹤的一个小小驿站。《志摩日记·西湖记》中，他对西溪的芦苇与花坞尤为称赞，说在白天的日光中看芦花，不如月光下与夕阳晚风中，能看到芦苇的"灵魂秘密"。

这秘密是有心人的聆听，是灵魂的消磨，是人与自然的融合。

今天我们看到旧时西溪的很多资料，有一些是来自徐的同时代人郁达夫的。郁和杭州的缘分在这里不必多说，他的"风雨茅庐"便可见一斑，而他对西溪也情有独钟，多次游览过西溪，到过花坞、龙门山、古荡、东岳庙、茭芦庵、秋雪庵、风木庵、法华寺与兼葭深处等地。在《西溪的晴雨》《花坞》《龙门山路》等文字中，他记录了对西溪山水风景的感受。

据说郁达夫最喜爱的地方是秋雪庵，这恐怕和他的性格相关。在这清静的处所，烟波浩荡，世间的风风雨雨恐怕真的和他隔得远了。现在我们循着前人的足迹寻胜到此处，更多的只能泡一杯茶，想一想他们，偷得浮生半日闲。

对西溪青睐有加的异乡人很多，西溪之于他们，无疑是一种发现。比如写《夜航船》《西湖梦录》的张岱，他在《西湖梦录》一书中，专立"西溪"一条简要地说了西溪的历史、地理、人文景观等，并指出西溪的景观与西湖不同。他说："欲寻深盘谷，可以避世，如桃源菊水者，当以西溪为最。"这一评价把西溪比之为陶渊明的桃花源了，可见张岱对西溪的喜欢。

在《西溪秋雪庵志》中，还记录了他《秋雪庵》诗一首。开头一句是"古荡西溪天下闻"。文人总是有些夸张的，但他对西溪的热爱却表露得如此真挚。明朝的黄汝亨也曾多次游览西溪，并为西溪寺庵题额撰碑文多次。据《西溪梵隐志》载：有《永兴寺碑记》，题额有《西文庵》（即龙归院）、碧漪莲社《栴檀窟》，并赋诗有《夜行法华山投佛慧寺》《赠智胜寺僧伴云》《春日同门人看梅西溪》等三首。

这些人，在他们人生的一些片段里，相逢了西溪。对于他们，西溪成为一个符号，一个能够和他们的灵魂某一片段相重合的镜像，静寂地流淌在他们的生命之河里，闪烁着月光般柔和的光芒。

且留下，把西溪弹奏成一曲天籁

邂逅，然后把西溪的景致收藏于他们的生命，在某种合适的时候和他们的人生经历糅合在一起，和西溪的芦苇一样在秋天的时候摇曳。

比如那个生活在清初的洪昇，他的传奇剧本《长生殿》，整整花了他 10 年的时间，说的是唐明皇与杨贵妃的爱情故事。当时，他与写《桃花扇》的孔尚任并誉为"南洪北孔"。据《西溪》一书记载，他是明代西溪大族。他的先祖世代居住在西溪洪家湾。近年，研究《红楼梦》的专家里，更有人提出西溪洪园是大观园的原型，而洪昇是写《红楼梦》的真正作者，因为他坎坷的生平和他的文化底蕴。

这里面的真真假假后人已经很难考证了，有一点像芦苇上的朝露，在光线的照耀下烟消云散，但留下的是晶莹和剔透的记忆。而在中国古典文学的另一名著《水浒传》里，西溪的影子在书页间则俯拾即是。

和洪昇一样，施耐庵也生活在钱塘，只不过他生活在另一个动荡的时代——元末明初。据专家考证，在《水浒传》中较多地提到或描绘古代大西溪范围内的山水风光，书中写到许多地名，如石人岭、美人峰、秦亭山、古塘（荡）、桃源岭等都是历史上西溪的地名，至今沿用。而《水浒传》最早是以说唱形式在杭州流传，书中许多"水泊"景色，都以江南水乡，尤其是西溪"水泊"为素材。

在施耐庵的笔下，西溪被弹奏成了一曲辽阔的天籁，有豪情、有惆怅，也有对天地的礼赞。它甚至本来有可能成为一座都城，如果是那样的话，今天的杭州地图就要大变样了。

康王赵构在北宋徽、钦二帝被虏之后，建南宋。当他在金兵的威胁下逃至杭州时，途经西溪，赵构见此地开阔，风水极佳，符合建皇宫的条件，但当时的条件让赵构被迫放弃，曰"西溪且留下"。后来，"西溪市"改名为留下镇。据说赵构到"西溪市"入酒肆，喜其供奉，御书界牌曰"不为酒税处"。传说也罢，史实也好，这个最终在杭州建立了他风雨飘摇的王朝的赵构，在西溪留下的传说无疑是美丽的。

泛舟西溪，波光潋滟，这些过去的人和事浮光掠影在我们的思想里，这种感触将会以什么样的形式表达出来？它的柔美、它的婉转……有些人或许会用歌以咏之的方式，比如说马潮水。

这个人也许让许多人感觉陌生，但如果加上一个头衔：

这个清光绪十一年（1885 年）出生于嵊县（现嵊州）的民间艺术家，是那个把传统的唱书发展成悠扬越剧的人，我们还会觉得陌生吗？他当年活动的场地便是在蒋村西溪一带。越剧的唱腔有时候会让我们觉得有溪水的意蕴，这或许和这些艺人长期在这里生活有关。在他们的创作中，西溪成为一个诠释，一个若有若无的影子，这影子里是他们才华和经历的浓缩。

归来，在这里放下自己的行囊

"前有香樟树、沿山河，后有法华山、北高峰……"这里我们说的是三方土谷祠，俗称三方庙，位于留下镇东岳村。该祠庙已有 866 年历史，建于南宋绍兴年间，宋高宗赵构建都临安后，封林氏五兄弟为五方土谷神，立祠祭祀，因为他们曾经救过这位皇帝。

可能正是由于这五兄弟灵魂的庇护，西溪在以后多年一直润泽着后人，而有些人，便选择了归来，或者让西溪成为他们的魂魄寄托之地。

比如那个在演义里很有名的高士奇 ，民间传说里他是"帝师"。他在西溪有别墅，上文中我们说到的康熙御笔留下"竹窗"的题字也由此而来。高士奇精于考订，工诗、善词，

雾里看花？或许有人走来
像那只飞动的鸟：它落入了
这湖的怀抱。飘飘何所似？
且扩大这涟漪，扩大这远眺

博学多才，康熙看重他是确凿无疑的，而他，即使是在"冠盖满京华"的繁华地，所眷恋的依然是西溪。而西溪草堂庄主冯梦祯，明朝万历年间的他，除了为西溪题匾之外，还说"西溪茶利，十倍龙井"，这就有些爱屋及乌了。

像更有名的宋朝词人周邦彦，在太学读书时，就以《汴都赋》闻名京都，受到宋神宗的称赞。后来平步青云，官历庐州（今安徽合肥市）教授、溧水（今江苏省溧水区）县令，徽宗时入拜秘书监、进徽猷阁待制等。周著有《清真居士集》，今存《片玉集》，开一代词风。但他无论走多远，最后还是选择了魂归西溪，或者这西溪的水，已经浸润到了周的词曲里。

而对西溪的热爱表达最为充分的，应该是清初文学家厉鹗，他对西溪的酷爱让他为西溪写下了上百首诗词。尽管现在我们对厉鹗并不熟悉，但在当年，他也是那一时代的翘楚。厉鹗死后也归于西溪，他的墓在西溪花坞（王家坞），地近茭芦庵。

此外，在西溪留下踪迹的还有明代中期的太子太保洪钟，当年他葬于西溪东穆坞莲花山时，一代大儒王阳明为他撰写了墓铭。而万历年间撰写《西溪志》的洪瞻祖，是洪钟的曾孙，官历兵科给事中、右都御史、南赣巡抚等。不久辞官归乡，隐居40年余。一个人在一个地方待上那么漫长的岁月，尤其是他的能力能让他有大展宏图的机会时，我们不得不沉思这一地方对他的吸引力了：这样的地方，在他的衷情里，或许让他感觉到了生命的滋味，这里是他卸下行囊的地方：他可以放心地天荒地老。

撰写《西溪杂咏》的陈文述（清）、重建秋雪庵的周庆云……这些人，无一不是一时的名士，他们风云际会于这样一条溪水的左右，在每一河道拐弯的地方，让我们看到了属于这溪水的传奇，他们在默默地告诉我们，那些芦苇所倾诉的，不仅仅是清风……

深夜远眺

生活里你已有足够的耐心。

周围的一切都已沉寂

深夜是指这样一种时刻，周围的一切都已沉寂，喧嚣嬗变为宁静，温度计凝固在这一天的低谷。你已伏案工作许久，或者在漫长的阅读中若有所思，于是来到窗前，凝视着黑暗深处那星星点点的灯光，一种恍惚和蕴藉糅合在你的灵魂中，似乎是一支陌生而苍凉的军队在前进。

心意阑珊也多半在这一刻，多少陌生的眺望凝聚成内心的长河，这时候喝一点酒，或者抽一支烟，好像什么都在想：那些浮华的白昼，那些忙碌的白昼，便一起向这一刻转过了脸，询问生命的意义。你的内心有一丝细微的颤动，就仿佛一束小小的火苗，平行地滑过许多年前一个人成长的秘密：岁月最终仅仅出于一种征兆，骚动或者平静，撮成一张性感的嘴，呼吸生活所能赋予和所能争取的。现在，你将清楚地听到它的走动，同时又感到这军队的虚无。它前进着，仿佛远方已为它准备了一场战争，而战争一再被延缓，或者这战争本身只是一次想象：在这种朦胧的使命幻象里你将前进。

这正是深夜远眺时夜凉如水的意义，在水一样的黑暗中，日常那平庸的物质被遮掩了，那些嘈杂的街道、店铺，那些永远充满摩擦和琐碎的人群——所有一切都沉浸在水一样的夜色里，使人有一个温柔且模糊的轮廓，人的生命里有一头孤独的兽在吼叫：开始巡视人自身的迷宫。

在你已逝的日日夜夜里

现在是四季轮换中的冬天，已经有过一场雪，它的到来预先毫无知觉，在人们行走、劳动、说话的那一瞬间，它意外地降落，使人想起岁月里转瞬即逝的消融：那些突然到来又消失的人和事物，甚至令人来不及品尝。

冬天是漫长而可疑的，像一个寂寞中完成着的人，或者它勾勒出一个人在萧瑟中的那种大意：树叶脱离了树枝，缓慢的飘逝中它散发出腐烂的气息。这气息又犹如镜子一样深深诱惑着人：一种对失去和死亡的诗意的渴望。你始终不能不承认，人在完成中的一生，其实就是自我毁灭的过程，黑暗让你平静地看到这一切，同时相信自己在这过程中能够具有的力量。

夜是神秘的，因为它不可测知。同样，许多天来，你深居简出，努力使自己在体内荡漾出那种夜晚一般包容一切的深度。在你已逝的无数的日日夜夜里，已有足够的夜晚供你揣摩、触摸，而你倦于分清它们之间的界限。白昼和夜晚相互纠缠、侵袭，这日子也得以完整，但那些争夺你的光和黑暗使一个人如坠陷阱，天使一般被缚住了翅膀，再不能唱出美妙的歌来。

一支烟已快到尽头

这时候一支烟已快到尽头，灰烬依然保持着那种竖立的习惯，那个加勒比海的诗人沃尔科特《火山》中的诗句闪过，你喃喃朗诵着：

> 太多的人和雪茄没什么
> 两样，不过是竖立的烟灰
> 太多的人对雷鸣习以为常
> ……

那么骄傲而自信，你不为人知地笑了，你把摇摇欲坠的烟灰弹落，现在，烟就要熄灭，而你重新回到原来的那种状态：想象和思想同样也只是出于一个可能，夜色是既定的方向。

是冷和暖之间所揭示的

这个冬天，你原本渴望消磨于书籍和音乐，在你那赖以维生的工作之余，你想让自己出走，离开多年来形成的写作习惯，正如你所暗自决定的一次旅行：它没有目的，没有愿望，仅仅是生命中的一次闲暇和意外，像你此刻所能看到并且认识的黑暗。

但激情猝不及防地找到了你，那种由复杂过滤为单纯的激情：一个邂逅的女人隐约的形体对于你是致命的，她像是幽暗处独自炫耀的火，淡淡地给人以奇异的笼罩，而她的矜持是这个世界所提供给你的拒绝的轮廓。你的视线似乎依旧停留在那晚舞步所制造的激情里，但有的人早已决定遗忘，因此在这暗夜的深处，是耳鬓厮磨时惊人一致的耳语，情人间相互用语言保证和许诺的。与此相反，肉体则是掠夺着的滂沱，肉体与肉体之间是真实的，它们孤零零地各居其位，犹如一道阴影所能代表的密云不雨。

你所能做的只是让自己变得和这夜色一样沉默，那是一个人在生命中的另一种苏醒，和通常所理解的不一样的生活，你身体以及心灵深处的生活，是隐秘而必需的，仿佛一个人在沉思片刻所想到的：一个人在停顿中的充实。

一个人该如何描述他所遭遇的世界？此刻，生活被揉为夜间一层淡淡的雾，飘荡在人类血液里的雾，它悦耳地升起，犹如打开了一只装满财富的抽屉，你不知如何取舍，而被延续的传统可疑地复活了，也许若干年前的星空正是你现在面对的。你知道，在你视线所不及的远方，是光和黑暗之间暧昧的过渡，它们共同造就了矛盾，而这矛盾将感知你所生存并为之战栗的世界，这正是冷和暖之间所揭示的——

那些在一个人的生命中来了又离开的人，那些美丽响起又渐渐飘散的声音，那些最终积淀在你注视尽头的事物……

正是依赖于这些，你恰如其分地了解了自己在生活中的重量。

这深夜片刻的远眺

这是一个人灵魂里随意的一页，选择这样一个侧面观察也许只是一时兴起。一个人在深夜的高处吹着风，他的面庞甚至可以忽略，他所奋斗和努力的也被删节为远处隐约的灯光，剩下的只是一种完全裸露的尖锐，在他漫长生命的间歇里所触摸到的："那黑，和白，它们相互占据着／明亮的是因为光线／而阴影是因为明亮"。在朋友的画室，你在观摩其对石膏像的素描练习时，你写下了这几行诗。这同样适用于在这深夜片刻的远眺，一个人能够沉浸并能说出的气候：一个人因为这黑和白的雕塑，在岁月的流逝中慢慢变成了一座城，这座城在他的内部不断扩大着。而这正是一个人在时间里的见证，有的人也许便这样从夜走到了晨曦。

移动的墙

我们害怕时用一切堵住它

——（美）W.H. 奥登

正如我们的呼吸

墙无所不在，正如我们的呼吸，在生活中它矗立着：或高或低，或封闭或敞开，似乎暗示了我们某些日常事件里的神秘，像基里柯在他的绘画中所表达的。封闭是一种预言。假若有一天墙被取消，我们将茫然失措：尽你的可能想象一下在墙被拆除的世界里，迎面的荒漠、空中楼阁，或者辽阔的虚无。

正如这个夜晚，我躺着，倾听屋外的风声，而暑气在秋天还没有消散。风吹提前坠落的树叶，风吹夜色，犹如一个若有若无的消息。因为墙，风让我抓住了。墙是有限度的生活，离开墙的世界无法描述，因为我们彼此保持着一定的尺度，这尺度间刻满了漂浮的阴影，快乐或者苦恼，同样意味着从一种状态到另一种状态的雪意：一种深化的快感。

这时候钝滞的钟在隔壁隐约响起，如果没有墙，生命是否会是光阴的小偷，混淆着青春的狂热和激情？

对秩序的渴望

墙拒绝飞翔，而它同时又是梦幻者的深度。墙拒绝的本质使之成为一种象征，这时我蓦然想到萨特，那个古怪的法国人，他试图阐述生活的真相，于是《墙》成为一种象征，一种不同程度的和我们一样的对生活的误解。

墙延伸着，记忆之远近处，它既对立又有深浅不一的契合。因此感谢墙，遮掩了我们某些害怕暴露的事情。像是光和黑暗，某种尖锐的对峙，在我们生活的氛围里布满。有两行诗可能说出了这感触："很久了，你一直是自己的一个侧影／你不会跌进任何人温柔的怀抱。"这正是墙的似是而非。

墙在一定程度上引起我们敬畏的情绪。在对黑暗所控制范畴的眺望里，墙甚至是温柔的——任何约束在最初仅仅是出于对秩序的渴望。

一滴沧桑中的泪

关于墙，我们也可提到古代的长城等，甚至可提到卡夫卡的《城堡》……但让我们低声一点，把目光转向我们的内心，我们首先来读读这一句古词：

墙外行人，墙里佳人笑。

——苏轼《蝶恋花》

在东坡居士这里，墙是生命中激情的障碍和间隔，那种黯然销魂的惆怅，那种无可奈何的疼痛：人自己制造了阴影，而后却无法抛弃，有时候人成为自己的玩偶，麻烦的只是无法看清那翻云覆雨的手。

那么这叫喊便空洞、不真实，带有恍惚的意境，佳人相见又能如何？相见争如不见，智慧者说，更高更坚固的墙早已于无形中矗立，这是一曲青春激情后的挽歌，作为在大江东去的光阴里柔情的慰藉，后来，它也成为一种象征：一滴沧桑中的泪。

暗　示

我们坐在午后的酒吧，我和我的爱人。我要了一瓶酒，摆在她面前的是一杯果汁和一份冰淇淋，我们散淡地以适合我们两人多年来形成的关系彼此相对，当然不无造作。阳光透过茶色玻璃轻柔地覆盖了我们身体的一部分，我们的交谈便大致沿着多年的习惯，并不迂回，但知道转折，诸如她生活中的烦恼和琐碎。我必须是一支忠实的听筒。她生命中另一个人的影子强烈地暗示在我们之间。在这种倾听中，我同样听到内心的渴望，它其实希望两具肉体的融洽，一种简单而狂热的赤裸。我把它隐约地传递出来，它很快激起了回声，她说：有时候，我并不怎么喜欢吃甜食。我不置可否地一笑，她看不到我面容后的心情，于是我们让午后的街道来承担我们忧伤的凝视：隔着玻璃，一切都似是而非。

另一条迷途

有一本私人化倾向的小说，名字是《凡墙都是门》，那位女性写作者的敏感和智性令人惊讶，她与我的一些想法不谋而合，我喜欢这个解释：凡墙都是门。不破不立，不立不破。这悖论是一个谜，在生命和时间里的寻找者的谜，它像另外一个生命在看不见的地方传出的私语。

若干年以前，我曾写过一首关于墙的诗，其中大约有这么几行：

从而将看到他，像一面镜
在窥视中，墙孤独的
——将有走来的人
使睡眠更加空旷。

这个走来的人若干年之后同样使我陌生，我坚持在岁月中自己的到来，但自以为是，找到的注定是另一条迷途。博尔赫斯把世界称之为迷宫：迷宫便在这样那样的障碍（墙）里完成，而那些走动者产生了生命的意义，更多的人便在合适的地方筑下了巢，从此也无风雨也无晴。

灯把影子抛给了墙

在人类产生之前，这星球上并没有墙，只有嶙峋的岩石，灿烂的星空，茂盛的植物和凶猛的动物……后来人类创造了它，同时又不知不觉成为它的投影，维持理性的尊严。

这时候想必夜已深了，暧昧的夜色中传来浪荡者跌宕的歌唱，我停止了我的写作，灯把我的影子古怪地抛给了墙，墙把它给扶住了。

刹那芳华

日　常

我们的日常生活是如此的忙碌，而且微不足道。它展开，犹如在一个平面上，又或者只是在某条既定的单向街上。而我们被暗中的力量驱使着在这样的景色里活跃。有的时候，我们感觉有什么活着的东西被撕裂并扯出我们的身体，这种感觉神圣，但又不无卑琐，仿佛第一次做爱时的匆促和惶惑：而生命正是这样一点点雕塑而成的。

一个让我们自己熟悉又似乎从生活中出走的人，刹那便成了他的背影。

我把这定义为沉思：清晰，又恍惚，过滤出日常事物中具体的形象，那些轮廓宛然悬浮于记忆中。因为黑暗之门已经开启，像一道曲折、陡峭的楼梯，它通往我所预知的去处。

午 后

我们的确精于此道，比如在某个风和日丽的午后，我们在思绪的远足中为异性的美丽的一瞥而眩晕。

片 段

此时此刻，从我的身体里将分解出这些片段，这些精致又似乎难以诠释的，这些个人生活里的暴风雨：黑暗之唇、麻雀折断了翅羽、萤火虫、风格迥异的女友、痛哭……以及我们称之为青春的大多数岁月。这些个人生活里隐秘的符号，它们一个一个在记忆中签发了我们个人通往以前某个时间的通行证，它们并不特别可爱，同时又蕴含着某种饶舌的象征。

此时此刻，在静夜的思绪中，我又一次敏感到岁月的流逝：此时此刻，我已经度过了所谓青春的大部分岁月。有时候，我开始带着点戏谑（听上去漫不经心）的口气来形容青春：萦绕着精液般新鲜的青草气息，它是粗野的，但是激动人心。

像我所喜欢的李白的诗："黄河之水天上来，奔流到海不复回。"

声 音

我们正在一条街上行走着，这条街很难设想它的长度：我们的行走只能朝着一个方向，同时不能选择速度的快慢或者中止。这是我在不久前一个夜晚梦中的场景，我记得当时我声嘶力竭地喝叫着，但很奇怪不能听到任何声音。

回 忆

日常生活的大多数遭遇在事后回想时可视其为幻象：它们短暂而琐碎，犹如夏季林荫深处的蝉鸣，在对炎热的对抗和对生命的歌颂中，蝉鸣为我们提供了一种双重幻象的标准。蝉的生命孱弱而短暂，所以蝉带着某种偏执开始歌唱，但当无数瞬间重复在一个层面上时，作为旁观者的我们将感到枯燥。

大多数时候，我们既是一个介入者同时也成为旁观者：我们的日常行为不值得被记录，不值得被叙述，但我们由这样的日常生活所组成，它们逐渐把我们糅合成为一个完整的人。

生命是一种累积，犹如蚌壳内的珍珠；生命同时是一种疾病，假如我们意识到这一切之时，回忆或者追溯也许仅仅依附于一种虚假的勾勒。我们一日日描绘着生命的地图，而重要的只是过程，地图是无法重绘的，这便是我们肉体的局限。

钥　匙

一个人从裤兜里掏出钥匙。一个人在灯下打开书。一个人和另一个人拥抱。一个人在黑暗中眺望。或者倾听。或者一个人什么也不干……一杯茶。一张在影碟机内读了一半的碟片。一个昨晚的梦。一个常常在街头邂逅的陌生人……一个人无所事事地抱臂站立着。一个人骑着单车。一个人爱着另一个人。寂寞。一个人打开门……在这样的循环中，我们可以找到类似于蝉鸣的单调，这种感觉很像兰波在一首诗中所写的："有时候我看到／人们所看见的东西。"

它是真实的，在我们顺流而下的单向街上，这样的声音彼此沉浸、彼此湮没、彼此追赶，同时彼此疏离，而我们无法逃避。

爱　情

如果我们说到爱情，这是刹那所能呈现出的最灿烂的波澜：它的珍贵在于它不可重复，爱情从来没有赝品的可能，而很多的人已被自己内心的气候所宠坏。

瞬　间

我突然觉得疲倦，当最初的冲动过去之后，这文字只是我一个瞬间的思维，是一个瞬间对某种事物的抓住，对某种事物轮廓的说出。

对于个体而言，在太多的想法和冲动遭到一些拒绝后，人凝望的视线变得迟钝了。生命的形成，需要太多的耐心：一切都在前方，蒙昧而无知，但毕竟，这是属于我自己的。

现在，我看到了人们常常看到的东西。

言辞片段

焦　灼

"你的想象已经制造出一个世界上并不存在的国度。"

或许生活正像乔治·塞菲里斯在诗中所描绘的：真实和激情总有一步之遥，生活是一种在长久沉浸之中的幻象。这年冬天你试着打开了另一扇门：一团乱麻般的线索。日子依然漫长而冷漠地缠绕着，像一条围巾所萦绕的脖子，围巾提醒着皮肤敏感到天气的寒冷，并以哆嗦去感觉风的激情。

我整个星期整个星期地深居简出，同样也很少阅读和写作，一种深刻的倦怠仿佛一对疲惫的兽爪抓住了落日，当脾气积淀成一杯隔夜的啤酒：内心依然是那么一个走来走去找不到门的人，找不到适合自己的生活状态，找不到自己喜欢的写作方式……你是悬置的……这种深陷的焦灼只有在静夜放低了声音才能被自己倾听，这种焦灼糅合了一种隐约而模糊的热情，这些似眠非眠的夜晚里，人在航行，在一条永不可能抵达的航线之间，人徘徊而尖锐——

越来越有一些裸露的东西了。

觉醒和迷途

生命的觉醒和倔强，对于通常平静的日子来说，无疑是奢侈的。这样的夜晚不只你一个人有这样的感觉，约瑟夫·布罗茨基正通过纸页与纸页之间的摩擦对你喃喃吟诵着："我既然已用墙与世界隔绝／又何妨再用墙与自己分离。"这孤独彻底，正如肉体只是一个暂居的驿站：在内分泌失调的时间、在内心的鸥鸟张皇飞动的季节，指南针在磁石的作用下有了偏离，谁又能承认方向的准确？也许我只是喜欢这么一种情绪，仿佛雨水所湿润的天空是我所喜欢的。

雨天的书

日子像一只打湿了翅膀的蝴蝶，寻找生命的夏季：它倾斜向左边，风却从右边吹过。它总是盲目地，在炽热中燃烧，像一辆疾驰而过的汽车，那暧昧而恍惚的灯光，删节了一个孤独的可能。

在雨中，所有萌芽中的和所有腐败着的，只是一只不知名的小虫的唧唧：那声音里的深度，也许是清醒的迷宫。我全身湿透，呼吸着又一天，我又将占有这白纸般的岁月，在模糊的指缝间退出一种疯狂的意志，我需要平静地眺望，攀援着岩石和河流，而我将走着回家。

如果我的镜片，在骤然的温暖中布满了雾气：似乎是一只鸟，当它误入房间的曲线，仅仅是因为一个愿望，仅仅被内心所驱使。

热　情

热情可以这样定义：对某种事物所处的那种盲目的凝视阶段，像是电话线里奔跑着的不被约束的声音。但这一刻终将结束，很快又因熟悉而陷入平常生活的陈词滥调。没有什么能保持不变：它始终在升高，而后悄悄地降落。在这里，我们可以这样理解美女和野兽的故事，传说那真正激发野兽热情的，也许并不因为是美女，不是因为她曼妙的身姿、婉转的歌喉、明媚的秋波……而是因为守护着美女的城堡，正因为城堡这障碍造成他们之间的距离。自命不凡的野兽被这假象激怒了：寂寞如火，他发誓要摧毁城堡……通常，我们把这勇气称之为热情。

狂　乱

那是一本多么好的书啊！仅那芳香四溢的书名就已激发我体内汹涌的波涛：我必须得到它，我发了疯一样满城转悠着，从一家书店到另一家书店……多天之后，它静静地躺在我的书桌上，封面布满了琐碎的尘埃，因为我已经读过它了，也许我还会再次翻阅，但那是以后的事。

雪

终于下雪了。雪，似乎给了这个冬天一种真实的基调，一种适合冬日内心情怀的颜色，它冷漠、矜持，又糅合着隐约的、罕见的激情，从阴沉着压抑着的天空倾洒而下，像是天鹅展开了翅——

它，是一种低调的觉醒，而万径终于人踪绝……在你的内心也不外乎如此：从前你是多么兴高采烈在希冀，像路易斯·麦克尼斯所描绘的："世界比我们所想象的还要突然……火吐着焰，带着轻响……"你慢慢地看着雪改变着周遭的世界，像一个盛大的节日，这时你的心里听到一个因岁月的哀伤而沉溺的孩子，仿佛晨光中一闪而过的脸孔……这孩子像一把钥匙轻轻漂浮着。

……这雪景最后走出了你的身体，渗透在你视野所及之处，世界如此矫饰，因为你知道，融雪时必将是肮脏的，带有某种毁灭的意味，并且让你觉出醉着走到路尽头的眩晕。

午后，在雪花飘飘中，你的身体奇怪地燃起了欲望的冲动：雪成了一种宣泄的借口，你的身体是一个渴望和姿态。

塑像及其阴影

此刻我正穿越这座午后的城市，从一个既定的地方到另一个既定之处。有时候我便这样想：也许是我穿越在这城市已不再年轻的午后时光，因为这里带有一种恍惚的、不能琢磨的沧桑，一种渐渐酝酿成酒（或称之为泪）的脾气。很奇怪这种时刻内心是愉悦的，像一只孤独的鸟栖息于阴凉之地，假定它能够愉悦地眺望，它应该是愉悦的。

我走过了十字路口那座自始至终矗立着的塑像，午后的阳光使它的影子变得很短。它像是一个家长，一个缄默但是沉重的家长，短促的影子迫使它执拗起来：固执也许是种美德，但仅仅出于我们的误解。其实这塑像是活动的，它的影子由长变短、又由短拽长，并且它的影子从西方转向东方，静悄悄地不被注意地活动着，似乎是我们内心的表白。

　　于是我急匆匆地走了过去，像以往许多次一样：我知道我始终有自己的阴影，我无法摆脱。

言辞片段

　　这是布罗茨基一部组诗的题目，在对它的阅读中，意象纷至沓来。每一个纷乱的时日，每一个美丽的女人……它们重叠着构成生命的演奏，而我作为阅读者也渐渐过渡为穿越者，这片段成为我的经验：这是一个优秀的作家能够流传于人世的缘由。我被这样的诗句所打动：

> 并非我在失控
> 只是倦于夏季。
> 同样我对自己的季节感到了失望和疲倦，需要肯定
> 　　和需要否定的一样的多。
> 让生命下一场暴雨吧，雨水将冲走过往的一切，
> 而剩下的一切重新形成，重新塑造，重新成为又一
> 　　首诗。
> 我将感到快乐，将把这纷乱的片段连缀起来，
> 我将完成，而一切有待时日……

门

距离和激情，被它所暗示，而这一切，正是我们时常所遭遇但又常常所忽略的：有时候，门是一种禁忌，需要钥匙或者合适的技巧。当它被打开，它等待我们的穿行，但大多数时候，我们盲目地对门的存在视而不见，我们只是把它诠释为具体的拒绝或真实的接纳，犹如一个女人之于一个男人。

当敲击的声音响起，在其抵达耳朵的过程里，我们是否把它理解为一种试探？门，是墙，是延伸和说明，它孤零零地站在光明和黑暗的边缘，需要我们的理解。

一首失而复得的诗

惊讶和欣喜造就了这样的邂逅：某个依稀的往日，某种即兴的弹奏……你紧锁的记忆被打开了，那如雾的积淀，它们在缄默中寻找呼喊，像一张转身后的脸。现在这一切呈现出一种解放之美，经过若干个日子的等待，它重新找到了你。这时一种感激便会悄悄地蹑足涌上：似曾相识，这些岁月里的遗照，这些诗行重新开始向你朗诵，那么它们究竟见证了什么？

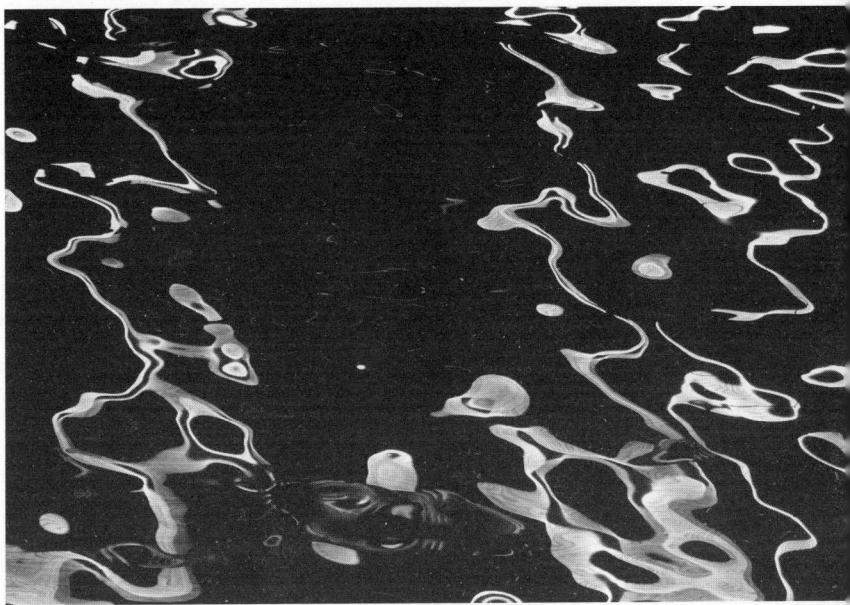

我看见自己的面容

在光和光的荡漾中破碎

又悄悄愈合，如同繁花

在绽放的尖叫里完成一个季节

玻璃之城

落雨的城市空虚而透明，你躲在家里独自看一部电影：感觉到有一点奢华中的颓废，一种旧日的情调纠缠着你：记忆里的街景，往事和未来，现实和想象……它们向你汹涌，似乎意味深长，又似乎仅仅是一种表象。你站起身，从窗口眺望着，城市在落雨中开阔起来，雨攥紧了拳头，让眼前的场景成为日常生活的意外：人们被雨水湿润着，一定有某种东西沉浸于生命中，把我们整个地填满。这时候，也许突然有这样和那样的想法，但那雨闪亮着一滴一滴地落下。生活是精致的：生活是多么容易被打碎，你的语气中不无遗憾的气息。

落　叶

落叶如猛虎。若干天以前，这意象突然闪入你的视野，如一个美丽的形象闪入眼帘：落叶……它绝不仅仅是季节里的浪费，它意味着经验、过去、梦境，和已经消逝的事物……落叶在风中打了一个转，轻轻地飘过我们的头顶。

旅　途

旅途延展了地图，它是过去式的：每一瞬间都验证着时间的消逝。这听上去有若干的诗意，但在上路之时诗意已被平庸消解了，更多的是我们对一种既定秩序的默许，比如说身份证、车票……渴望中那得到承认的过程，而这个过程便是我们通常称之为旅途的。在这其中，相一致的是某个层面上的欢乐和喧闹，结局却不言而喻。我们关注着的真的值得关注吗？

没有人能够回答这样的提问，而我行走着的街道上，春天的花粉漂浮着，有人忍不住悄声诅咒：啊，这花粉，它吹到我的眼睛里了……春天，使一切发痒。

电话铃声响起……三声后又突然停止

一个问题？也许是，也许是日常生活中某些难以道明的暧昧的神秘，一个形象也曾闪入我们的思绪：这会是谁打来的？它为什么又停下了？……一种忧虑或称之为不安的情绪静悄悄地占据了躯体，一遍一遍地过滤出我们生命里的场景和人物：在这三声电话铃声中，它要告诉我的是什么？

在电波中两个声音可以相互拥抱、相互温暖，或者相互斗争、相互调侃，但现在这一切被无限制地推迟或有效地制止了，再无法得知所要面对和也许会发生的事……悬而未决的冲动……一种细微的愤怒在悄悄萌生，阿胥伯利这样感慨：茶壶里的暴风雨。

这是你自己的暴风雨：电话铃声响起……三声后又突然停止。

沙　漏

作为事物的沙粒在许多书籍中被暗喻为时间：它们流逝，同时由于它们表象所呈现的金黄带来了辉煌，那令人激动和难言的眩晕，意味着阳光和对抗、时间和局限、过去和未来……

沙漏因此应运而生。在原始淳朴的古代，沙漏是计算时间的一种工具。也正是由于它的这个特征，沙漏在许多人的凝视中显得神秘和复杂。而现在我手掌中这精致的沙漏仅仅是一件玩具，从这一端到那一端一般需 3 分钟的时间，被染成红色的沙粒泛着晶莹的光泽，以均匀的速度漏过那既定的出口，如此便可循环往复，但时间是无法回来的。

时间只有一种方向。我熄了灯，在黑暗中倾听那沙粒流逝的微响，直到我的内心也被某种黑暗所填满："知道她们像万物一样生长 / 但不会回到童年。"亨利·泰勒的诗句被沙粒的微响轻轻擦亮："留下我凝视着……/ 想起似曾相识的。"生命就这样一点一滴、一丝一缕地被消耗，它既是实在的，又带着虚幻的色彩。在这样的沉思中，沙漏完成了一种仪式：像一个人在时间的堆积中长大、成熟，同时开始衰颓和死亡。

凝视着沙漏的过程有时候是有趣的，有着某种琐碎的愉悦，但有时候也令人忧伤：在把玩的同时，我会想起生命的局限，最终带走我们的，就是那么一种澄澈而散漫的方式，一种神秘又可以预知的结局。

这一粒沙，是过去的某一天；这一粒沙，又是过去的某一天……沙如镜，但记忆却不可复返。

在沙粒流泻的过程中，起初我们会因为它速度缓慢而焦灼，而不耐烦，像我们在年轻时的狂妄……但渐渐的，当沙粒就要从这一端完全流向那一端时，我的心被某种隐约的畏惧所攫取：它就要结束了！沙粒越走越快，越走越快，剩下的越来越少，我们剩下的日子也越来越少，最初挥霍的心境早已消逝，秘密地被渗透于不可回来的时间之中，弥漫成我们眺望的气候。

在透明的器皿里，沙粒（或日子）跳着舞，述说着，倾听着，而有时候，有时候我们的耐心和理智是关闭的，我们对此一无所知。这一扇门需要我们自己去打开。

场　景

记忆被再次验证，抑或被某种季节里的秘密的气息所激怒。似曾相识，但无法回溯，无法定格于未来的某个时刻：它总是在活动中，我们出没于其间，有时候便消逝无踪。

一个夜晚

夜晚的神秘性在于它的不可窥测：如果揭开那黑暗的皮肤，掏出荡漾于其内部的秘密的陶醉和芬芳，我们也许惊讶于这一个又一个夜晚内在的、必然的联系和它在繁琐中的日益重复。夜晚是一种方向和选择，我们可以用不同的方式向它致以简单抑或崇敬的礼仪，而在夜晚劳顿的人们是这个世界悠长的喘息。

夜晚被这样湮没了：我时时迷惑于这种前进时刻，勇气和征服的欲望使黑暗没上了我的膝盖，而我们依然依赖于习惯和天性行动着。夜晚拥有女人一样变幻无常的本能，它的腰肢是我们难以把握的气候，假如夜晚向我们说过什么，那一定是我们自己的斟酌。

陌　生

　　有时候在写作过程中，突然而来的障碍里我也许会抽上一支烟，烟火闪烁着，仿佛空气里有什么东西被烫伤而躲开了，我便警觉于那隐形的陌生的造访者，他似乎一直在监视着我。

　　古语云：举头三尺有神明。这种在偶然间虚掷的距离感使我们保持了形象的清醒，我们每个人都有个人内在的荒谬和神明，而正是这种在小心翼翼里所维持的气质决定了我们生活的形式。

　　我越过了这种陌生，继续自己的写作，而消耗了的烟的灰烬消散于虚空间，像我们无法寻觅的光阴。

走过玲珑

"脚力尽时山更好，莫将有限趁无穷。"

许多年前，北宋文人苏东坡的这两句诗把我的视线吸引到了玲珑山。那个阳光明媚的午后，我匆促的步伐邂逅了一个与我的了解有些出入的苏轼和一个在时间里流传着的绝代美人琴操。

那一回的玲珑山有着颓圮中的凄美，也许是因为古城临安当年尚未如今天这般热闹，也许是我宿醉后略感寂寞的心境，玲珑山惊艳了我：它的精致、它的秀美，它那种剔透的风情。而我循着齐人高的荒草寻找朴素的琴操墓时，阳光透过树叶与树叶之间的缝隙斑驳地洒落下来，有一些就打在我的脸上，我的脑海里幻化出那楚楚动人的身姿，耳畔流动着这才女抚琴时的妙音。那一回只从朋友的嘴里了解到琴操是苏东坡的红颜知己，而更为有趣的是琴操和苏小小一样，曾是大红大紫、色艺俱佳、名噪一时的名妓。据说她是被苏东坡点化后在玲珑山削发为尼的。这足够引起我的兴致了，一个我所心仪的古代文人，一个才艺双绝的一代佳人，再加上传说中那个风趣幽默的和尚佛印，这之间发生的故事让我好奇并且暗自揣摩着。

　　玲珑山之行后，这一处风景成为我心中美丽的驿站，演绎着一幕幕悲欢离合的故事。我找到了我所能找到的资料和典籍，从宋代吴曾《能改斋漫录》，到元朝的戏曲《眉山秀》《红莲债》，再到郁达夫的散文和诗。我虚构了苏东坡和琴操之间的故事，又在清风沉浸中以为它是真实的，我把它写成了一篇短短的小说《蝶恋花》，却从此许多年没有再踏上玲珑山，直到今天，在另一个阳光灿烂的午后，我重来这里聆听当年拂动我心弦的琴韵。

　　苏东坡和琴操的故事是从西湖开始的，当时，苏轼为杭州太守，而琴操是杭城知名的妙人儿，拜倒在她石榴裙下的男儿不知有多少！有一天在西湖上，这两个绝代的人碰到了一起，天地这么大，西湖就这么小，他们的船和船碰到了一起。苏轼对琴操也早存有一见之心，因为她的绝色，更因为她改了苏门四学士秦观的词，而词意居然在秦观的本意之上。苏东坡有心要考考琴操，这便是后世著名的苏轼度琴操的由来。

　　苏东坡问："何谓湖中景？"琴操的回答很敏捷："落霞

与孤鹜齐飞，秋水共长天一色。"苏轼又问："何谓景中人？"琴操的回答依然很迅速："裙拖六幅湘江水，髻耸巫山一段云。"苏东坡接着问："何谓人中意？"琴操的回答有了些沧桑："随他杨学士，鳖杀鲍参军。"苏东坡拍案叹息："门前冷落鞍马稀，老大嫁作商人妇。"琴操恍惚中泫然泣下，此后便到了玲珑山修行。这段逸事成就了今天的玲珑山，所谓"山不在高，有仙则名，水不在深，有龙则灵"的道理和玲珑山的遭际是一致的。

当年琴操上山时，要通过建于唐代的登山第一门"南天门"，上有楼阁，下通行人，有石门可启闭。今天，这景致已经湮没了，取而代之的是题刻"玲珑胜境"。山道蜿蜒，盘曲上伸。在"玲珑胜境"的左右崖壁上，南宋钱厚、黎明瑞的诗刻赫然在目，他们诗中所抒发的情感大抵跟苏东坡和琴操有关，这在当年琴操上山时该没有想到。沿山道攀登，头顶有古树遮阴，耳际有泉水叮咚，这一段约20米的山路，在今天走过时无疑是迷人的，我不晓得当年琴操走过时是怎样的心态，这一走上去，她就要和红尘隔绝了，她忍心舍弃世间的繁华？

古树、悬崖、奇石、灵泉、瀑布……麻雀虽小，五脏俱全。苏东坡到了这里，想来也是心旷神怡，他在微醉中写下"九折岩"的地方如今是游人凭吊和幽思的上佳之地了。"东坡醉眠石"正在这半山腰中，轻风微拂，山涧溪水淙淙，苏东坡和佛印谈禅说道，哦，不，更让人喜欢的是苏东坡微闭着眼，细心聆听着琴操为他演奏那一曲《高山流水》。在这琴声的韵致里苏东坡怡然出尘，世事的纷扰和仕途的险恶他也许暂时抛到了一边，但看着剃除三千烦恼丝、素面青衣、沉浸于琴声里的琴操，苏东坡或许有了无端的怅惘，他默默地酝酿着那首脍炙人口的《陌上花》。"生前富贵草头露，身后风流陌上花"，这二句几乎就要从他的喉咙间吟唱出来了。

这样的遐想让我在沉默中踯躅，我想用自己的心去体会当年的情和当年的景，又觉得不知所以，我想还是一路沿着琴操的芳踪过"送瀑岩"，越"合涧"，上山去吧。临安的旅游这几年搞得有声有色，相较而言，玲珑山依然是寂寥的，而这寂寥正契合我寻觅中的心境。

快要到山巅了，著名的卧龙寺已经在我们的视线里。我不知道当年的琴操出家为尼后是否在这寺庙里修行？也许吧，我这样思忖，又或者是在某座小小的、已经湮没无迹了的庵堂里。当年苏东坡手植的小松如今都已经成参天大树了。我们习惯把它称作"学士松"，以纪念苏东坡这位伟大的古人。名联"山玲珑水玲珑山水玲珑，钟悠远鼓悠远钟鼓悠远"就挂在卧龙寺的山门前，"山玲珑水玲珑山水玲珑"这一上联相传是苏东坡手撰的，但下联空缺了许多年，因为没有合适的，我们今天看到的"钟悠远鼓悠远钟鼓悠远"从对联的角度来看，其实也有些勉强，但世上不如意的事十有八九，又到哪里去寻找到完美呢？卧龙寺是唐代的古刹，我们现在看到的和苏东坡那个时代也许已有了很大的差别。在卧龙寺一角被游人遗忘的地方，我们找到了苏东坡的石像，还有苏东坡和佛印谈禅论道的石刻。就我个人而言，我并不喜欢寺庙，佛家有许多博大精深的地方，但那种修行时的孤寂和对人性的束缚是我所畏惧的，我以为的生命应如鲜花般绽放。这也是我对苏东坡和琴操的故事感觉遗憾的地方，试想想，把一个正值妙龄的少女用言语度入空门，让她漫长的生命消耗在古佛青灯之间是何等的残忍！我在小说中为苏东坡和琴操设想了一种可能，他和她的相识，是一段凤缘，也是琴操生命里一次不顾一切的狂奔，而苏东坡在琴操出家后一次次踏马玲珑山似乎是对这一段情感的诠释。

现在这段石阶便要把我引向这次玲珑山之行的终点，这也是一个人生命的终点：琴操墓。一个人上了山，而后经过一次次的登攀，最后埋骨于山巅，这几乎构成了一段象征之旅。在一个生命消失的地方我咀嚼着命运的残酷的诗意。昔日的红颜化作了荒冢一堆，那流转明媚的眼眸、那婉转清润的歌喉……那一切都去了哪里？也许是镜中虚幻的映象，也许是浮生中的大梦一场。我知道,在这落寞的琴操墓中,每一个人都有自己独特的观念。当年林语堂、潘光旦和郁达夫同游,至琴操墓时,三个文人的愤怒源自对琴操这一代才女深深的怜惜。郁达夫更写下了四句诗:"山既玲珑水亦清,东坡曾此访元英,如何八卷《临安志》,不记琴操一段情。"郁达夫的疑问可谓是我的心声,追思琴操,犹如在风吹处捕捉她的娉婷和她的一颦一笑,又如何不对她生命的消逝报以深深的叹息?

这一次在琴操墓前,我意外地遇见了一位在卧龙寺出家的小和尚,他不愿说出自己的名字,但还没有法名,只愿意我们叫他小师父。我和他随口交谈了几句,他来自广东,少年人活泼的天性和对佛教里善的执着时时从他的言谈里泄露出来。他才 14 岁,对于人生尚未经历和品尝,我总觉得憋闷和恍惚,无端地联想到琴操,无端地在内心起着波澜。空山寂寂,我一时间恍然如梦,似乎看见了琴操曼妙的舞姿,又似乎聆听到琴操在这空山中的演奏,她把自己的心声弹给这些松树、这些茅草、这座秀丽的山和这些常流不歇的水听,她把自己的眷恋托付给了清风。

琴操玉殒香消之际才二十余岁,据传苏东坡得知后也是顿足捶胸:"都是我害了她。"这才是那个可爱而风趣的男人,我理解中的苏东坡。苏东坡最后一次见到琴操是在他离开杭州前，我把它设想在一个冬季，白雪皑皑，苏东坡策马狂奔中回首有着忧伤的一瞥，他知道，这风景将永远刻在他生命中了。

　　现在，这生命也刻在了我的生命中，从我的内心衍生出来，在我的命运里摇曳着。

两个记忆：住的形而上学和它的诗意

从一面到另一面，城的各种形象似乎在不断繁殖……

——（意）伊塔洛·卡尔维诺

家是通往记忆的唯一钥匙

概念化的家是什么：是几口人在一个空间（房子）里的相濡以沫？或者是内心深处回归的所在，一种命运的寄托？也许是因为过于熟悉，有时候对于家的概念我们是模糊的，甚至找不到一个特别合适的词语来描摹。

在欣赏基里柯那些如梦如幻的绘画作品的时候，我突有所悟：家，其实是建筑的诗意衍生，它是我们全部的记忆所在，是记忆的秘密途径。

超现实主义画家基里柯的作品是很有意思的：在以他的

《庭院里的风景》等为代表的画页里，他的空间既是封闭的，又有延伸；既是内向的，又有眺望……同样的记忆或许也体现在埃舍尔那些扭曲、循环的版画作品里。在他们这里，记忆成了谜：建筑，那些屋舍、那些墙角、那些街道……而这样的记忆其实是从我们的生活从我们的内心派生出来的。

我们现在会去一些老宅观光，除了缅怀前人之外，更多的恐怕是对那个时代的一种侧面的介入，比如去现在很有名的江南水乡西塘，在那些窄窄的石巷子里穿行之时，我们会想起这样的一个时代：明、清，或者是民国以后的，对于我们这些从小地方（多么类似于罗大佑的鹿港小镇，一个个人的符号）步入生命之旅的人而言，或许还有童年的记忆。因此，在我看来，建筑就是一个时代的背影和记忆。而今天，越来越多的新建住宅园区正在迅速改变着城市的面貌以及未来的格局，于是有人提出，应该为下一代留下一个时代的城市记忆，可以代表这个时代和这个城市，尤其需要在民居方面，为城市留下一点记忆。

我不清楚未来的视线会怎样看我们今天的住宅。但在若干年以前，当代建筑意义上的家在我的概念里仅仅是一个栖身之所：它意味着人生之晦暗一面的打开，一个隐秘开始的侧影；它像一只有力的手托住了我们向土地的靠近……但它是孤独的。在一个层次上，它是我们对外界的拒绝和抵抗。

住宅的革命或许意味着文明的变迁，广义而言，建筑是一个个时代的背景。在这里，我们可以举这样一个有趣的例子：那个数百年前生活着的享乐主义者李渔，他为了解决冬季便溺之苦，为了不一下子从温暖的床笫走入寒风，他用内心打通的毛竹的一端置于室内，另一端放于室外，原理和今天的卫生洁具仿佛。如果那个时候有今天的专利一说，我想李渔可以生活得更加宽裕和从容，毕竟物质是生活的基本，而他的发明在现实中可以运用的范围太广了。

不过变迁也好，创造也好，家对于许多人来说，是他们生活的一个归纳，一把打开记忆的钥匙。

建筑的发展是我们理想的回归

阅读建筑史是很有意思的，它几乎是人类文明的一个缩影。我们撇开远一些的不谈，以现代建筑的发端为例：多年前，建筑师们以不同的方式探索着解决新的建筑类型和旧的形式、风格的方法。在以后的风格变迁中，这依然是主题。

而当年的这种探索可以分为两种倾向：一是在广义的古典主义建筑的范围内的建筑风格、形式中挑挑拣拣，寻求合适的形式来表达新的建筑内容。这种倾向表现为当时出现的古典复兴思潮，包括"罗马复兴""希腊复兴""折中主义"等。二是探索应用新技术、新材料、新结构表现一种新的建筑风格。这种倾向中的种种探索成了现代建筑运动的先声。由于科学技术的新发展，这一时期有可能产生出大不同于以往的空间，这种空间可以一般地概括为开放空间（open space）。开放空间的意义可以在不同层次上表现出，如在新材料、新技术的应用下产生的阔大、透明的完全不同于传统的室内概念的空间。

建筑也是一门艺术，在我透过建筑的历史来看时，这是确凿无疑的了：它的发展轨迹证明了这一点，而且，它和时代紧紧地结合在了一处。

比如说在世界大战之后，战争给经济和人们的意识形态都带来了巨大的影响，在一战后的欧美，由于战争造成的后果——大战期间大肆的破坏性活动以及民用建筑活动的止滞造成了严重的房荒和城市重建问题。这现状有利于注重功能、经济、建造速度快的新建筑的成熟。只有这样的新建筑才能解决面临的民用建筑需求量大的问题。而19世纪出现的新材料、新技术已得到广泛应用，钢筋混凝土结构已大量推广。

但和这两点相比，战争不仅给人们造成了物质上的损失，也留下了严重的精神创伤。繁荣的梦想已被严酷的事实粉碎，战前流行一时的古罗马、古希腊等古典主义的样式再也无法成为"英雄""壮丽"的外衣。

在建筑史上，一些流派便由此产生，诸如表现主义、风格派、构成主义等，这和绘画文学等艺术何其相似。

和此前的建筑风格相比，高度的社会责任感成为一个不争的事实：强调功能与形式的统一，要求建筑设计要重视人生存所需的实用功能；在设计思想方法方面则要求提高建筑设计的科学性，追寻一些法则强调采用新的建筑材料；在形式上，则寻求一种本质，重新从原始建筑中的一些原型的抽象化中得到启示。

它们都在较小的空间中认真地解决了实用功能问题，并都应用了钢和钢筋混凝土结构，发挥各种新材料的性能。在建筑风格上，它们都没有采用装饰，而是选用外型简单的立方体、平屋顶、白粉墙、门窗按功能要求灵活布置。

被称为"国际式风格"的建筑物在此时产生，现代建筑注重功能，提出了为人设计的目标，但是把功能的概念仅减少到最基本的实用功能一方面，因而它们常流入各部分的叠加。为此，现代建筑被人称为"功能主义"或"理性主义"的建筑。

这在我们自己的生活中也同样得到了证明，如在20世纪七八十年代，我们的经济仅在起步阶段，现在看那时候的建筑，基本上便是以实用为主。

现实这样让建筑成为一种声音，但寻找一个最合适自己的生活空间的努力一直都在。我们截取 20 世纪的这样一个侧面来读建筑，是因为它所反映的值得玩味的社会心态，这正如古代的皇家在他们建筑上的一些别出心裁，每一个时代都有属于自己的城市。

不过我不免有些失望，如果建筑只是这样，住宅的背景只是如此，它就过于理性和严谨了。好在在这之后，有建筑师这样提出，要讲"个性"，要使每一房屋都具有不同于其他房屋的个性和特征，其标准是要使人一见之后印象深刻。

建筑上的理想主义正合我意，理想主义的回归在某种意义上是对人性的肯定。

风景在这里消融：和自然合成了共同的记忆

好的居所应该是怎样的？每个人都有自己的标准，而且参照物不同。比如我童年时第一次到城市时，看到 6 层的楼就忍不住感慨：大高楼啊！而现在我的儿子是不会这样大惊小怪的了，大高楼的标准在我和儿子相隔的时间里也开始了成长。

我和妻子经常羡慕一个亲戚，他退休后在青山绿水间租了一栋小房，此后便在那里开始余生的逍遥。但是有时候仔细想想，还是有若干问题在的，人总是贪心不知足的，即要生活的舒适，又要有生活的便利……居所是自然的一个衍生：建筑物同样是人工的，但和环境糅合在了一处。

其实在当代，有许多建筑大师，便是崇尚自然者，比如提出"草原式住宅风格"和"有机建筑"理论的赖特，他赫赫有名的作品：纽约的古根海姆博物馆和日本东京的帝国大饭店。（1923 年东京大地震，城里的建筑几乎全部损毁，唯一屹立不倒的就是赖特设计的帝国大饭店。）我个人最喜欢的是他在美国宾夕法尼亚州匹兹堡市附近设计的一幢叫作"流水别墅"的建筑。别墅凌空建于溪流和瀑布之上，悬伸的横向阳台，粗犷的毛石竖墙和大片的玻璃窗构成了辉煌的外观。别墅的最奇特之处在于，随着四季更迭，能以"无声之声"做出反应和调整。冬季，瀑布宛如冰帘般垂现在建筑之前，形成一道天然的风景；而冰雪消融、春水上涨之时，建筑看上去像是一组露出地面的山岩；夏日涓流细淌之时，别墅像是林间休憩的动物。建筑本身疏密有致、有实有虚，与山石、林木、水流紧密交融，有机地模仿大自然。

赖特认为每一种生物都具有特殊的外貌，这是由其能够生存于世的内在因素决定的。每个建筑的形式、构成，以及与之有关的各种问题同样都需要遵循这一原则。

他的这一建筑设计也许是一个极端，但却映射了人类试图回归自然的努力。

　　建筑拥有两个记忆：一个是形而上学意义上的，它是人居住的外衣，它的内涵是安全的栖身之地；而另一个，则是人固执记忆的表达，我们总是想回到自然中，成为风景的一部分。

　　这似乎是一个悖论，但现代建筑的魅力或许正在于此，像我所钟爱的一幅绘画的名字：《马克斯·恩斯特的卧室：值得在此一宿》，它是超现实主义画家的作品，但它的局部真实细致无比。诗意也许便是在这里产生。

行到水穷处

密云不雨本来寺

本来无一物,何处惹尘埃。

——慧能禅师

在民间传说中,这是一处神迹的所在,我似信非信。这故事如此这般:这里的住持老尼,出家前曾是某单位的干部,50 岁时眼瞎了,瞧过许多医生也瞧不好。有一夜在睡梦里,她穿过平时香火鼎盛的灵隐寺,在荒寂的后山见到一座烟火缭绕、规模宏大的寺院。第二天,循着记忆在家人的帮助下来到这所在,却只有几堵颓墙,数棵老树。以后的几天,在梦里,那寺院又接连矗立着,不同的是后来依稀有观世音菩萨的谕令,菩萨言只要她凭一己之力重建寺院,她就能重见光明……

以后的故事我不想喋喋重复，而且我无意去求证这传说的真假。对于我而言，宗教只是人们灵魂在红尘滚滚中寻求安妥的折射和呈现，民间敷衍出来的故事远比真实本身更动人、曲折和美丽。

这一天据说是观世音的生日，一个大慈大悲的神的节日。因为朋友的鼓动，我们几个相约去许愿。心底里我并不虔诚，但那时情绪里的低潮使我隐隐有着宿命般的凄惶。

起先穿行过的便是那喧闹熙攘的灵隐寺：这本是名刹，传奇里那大名鼎鼎疯疯癫癫的济公最初就是在这里修行的，没多久又被扫地出门，从此匿身于人群。鞋儿也破，帽儿也破，自笑此身浑似叶，渐渐成为佛家普济世人的象征。济公是一个可爱的形象，然而名门正派终究容不下野狐禅。照例这庭院自该清静无为，但世人终于把它搞俗了：这些年飞涨的门票，这些年金碧辉煌的佛像，这些年越来越多的人……我无由地不再喜欢这名刹了，因为我被山门外兜售香火的小贩拉拉扯扯着，在这时，一切都是商品。我想，那佛在莲花座上拈花微笑时做何感想，也许芸芸众生的小小浪花在佛的眼里不值一哂，因此，佛沉默着。佛的内心通往的是无边的寂静和万念俱灰的涅槃，我们所记得的只是今朝明月的喧嚣。

我念着本来寺，仿佛那里是我冲动的所在。人流中我因而生了孤独，不由心绪萧索起来。

人朝奉泥胎木身的塑像，大抵源于人们内心的危机和狂念的平衡：一种给枯燥平淡的生活增添自信的不二法门，"信则灵，不信则无""佛度有缘人"；自圆其说是人的天性。

我泛泛涉猎过佛家的典籍，开创者的初衷和今天追求实用的人们相距遥远。像一首我所喜爱的摇滚歌曲的歌名一样，今天的人们只是一些"假行僧"，他们不奉献，他们只索求，而佛家的大悲悯、大欢喜、大自在根本不是他们所追随的。中国的寺院文化大都是一个奇怪的综合体，它把佛、道等宗教凭借生活的概念实用地摆设在一处，并祈求它在虚无中保佑生命，终于佛事里的奢华和排场让人觉得荒谬了。有些人冷眼旁观着，正如《西游记》中那只千辛万苦得道成仙的猴子，蓦然发现天国的等级戒律和世间并无两样，这猴子便愤怒便叛逆了。

……香客济济，人群中，我萌生些慨叹，我想着人的归宿，那即将要去的所在会是个什么模样？环顾左右，我们这几个带着狷介和清高的习字者，超脱又不能够，莫非那处神迹是为我们的岁月所设置的一处驿站：它在这忙碌的时代，有传说的蕴藉和些许残梦般的美丽。

这一路从香烟缭绕中走来，难道是为了证实它那名字的意蕴？

本来寺在灵隐寺的背后，出山门还有约一里路。后来查史料掌故，它在佛教界曾盛名赫赫，香火尤在灵隐寺之上，而最后，历史却让它变成现在这模样：几进黑瓦白墙的平房，于一派绿意盎然的山谷内。朋友是来过的，他说，本来寺又被现在的住持改为苦庙，谓人生苦短，人生滋味的苦涩，配合这小小寥落的院落，很别致也很精巧，自有一番风雨飘摇中的洒脱。但我还叫它本来寺，质本洁来还洁去的本来，才不枉在这世间走了一遭。

一路上都是阴天，天闷闷的，到了这一处，浓云翻卷，在四处的山头招摇，一点揣测和怀古妄自涌上，当年那创寺的高僧一定还要这"本来"两字的，还喜欢这朴素的样子的。宗教所能寄寓的是人解脱的愿望，没想劝解的人也以"苦"自况，虽然同病相怜，却未免矫情。这是我的腹诽，没讲给同行的友人听，他们喜欢着"本来寺"的"本来"，也喜欢"苦庙"之"苦"，我们每个人的阅历、天性、领悟都不一样，没必要求大同共格局。

于是见到了住持，五十余岁圆脸慈目的妇人，和平常这个年纪的没什么不同，说话也琐碎。我悄悄把自己的怀疑和失望传递友人，友人说：是她。是就是吧，真假幻实，真亦假，假亦真，又何必着相呢？

在不大的屋宇内，菩萨朱脸漆目，香炉紫气缭绕，一时

早已云卷云舒，即使有雄鹰展翅

我只与我相遇，感受到一滴雨的喜悦。

间恍然梦中。我虚与委蛇地磕了头，又真心实意祈祷着……立起身，侧首，这梦恍惚起来，变得深长：那清秀的女子在弥勒座前合手祈祷，一段裸着的臂膀让人惊艳，而她只沉浸着，在她的梦里。她的梦和我的梦后来有一阵子相叠在一处。那一刹那我有些冲动，为那白得炫目的光泽，我看到佛唇际隐隐的笑意，他无疑洞悉了我的本性和情调，于是他缄默。

这女子的装扮颇新潮，偏生这一刻和这庙宇浑然相谐，似曾相识。我隐约看见山头重叠云翳，密云不雨，像此刻风起秋萍之末的心境，我喜欢上了这件内心发生的事。我不知道这时候时间已向我敞开了迷宫的入口。

后来便缠着住持给我们算命，住持推辞了一番，后因为和友人的数面之缘便允了。窥测命运我并不在意，命运不可能如术士所说的那般清澈，测命只是人心中的一些无依和无可奈何的孤掷。但是，假若术士怀着悲天悯人的心灵，那么算命或者是劝世济人最好最简短最易采纳的途径。

在竹签就要落下之时，心中的那种迟疑几乎完整地裸现出来。

一时间种种繁华掠过，丽影犹如刀光般闪亮，而我的心却迟疑着：迟疑来源于生活的困顿、才思的枯竭或信仰的危机。人世总有如此矛盾，许多事明知道是假的、是一种消遣，但还是希望求支上上签，在我致命的灵魂深处，在我生命的核里：宿命同样注视着我，我们谁也不能摆脱人世的软弱和无依。

这繁促如梦的世上，人们寻找着一角栖足的家园，也许这才是科技文明和商业文明始终不能替代宗教的缘由。人内心的疑惑，正如高更画作的题目："我们从哪里来？我们是谁？我们到哪里去？"

我们的本质是什么？

人心里许多曲折的长廊，走来走去未必就能走通，但了然一些、默契一些总是好的。我去朝佛，然而我不相信宗教，因为我始终觉得假若真正有所谓宗教，这宗教只能是我们人自身，我想理解和所能理解的只是人和我自己。能做到这一点，有无障、无碍、无瘾的透通时刻，那会何等的幸福！

我来到了这里又匆匆离开，在这里邂逅的一些事后来改变了我，重要的是我内心在岁月的波浪中几乎筑起了一道大堤。

胜处入画远

和白居易的诗一样，白堤是西湖三堤中最为通俗和明白的。说它通俗和明白多半是由于它的地理位置，因为逛西湖不走白堤绝无可能，它的车水马龙就像那"离离原上草"一般深入人心。

在我看来，白堤起始于一个传奇，这传奇和江南十足地默契：一男一女，在一个雨季邂逅，面对的又是这样的一池湖水。《白蛇传》的故事中国人大多耳熟能详。尤其又经过了荧屏的演绎。"断桥残雪"在后来成为西湖著名的十景之一。传奇在一代又一代人的虚构里敷衍出了过于铺陈的浪漫，和我们想象里的这一座城有些相像，但和现实并不一致。

从断桥南行进入白堤后，便夹在两面湖水之间：一边是俗称的外西湖，三潭印月等景点都在此处；一边叫作里西湖，依傍着山色青青，清秀得犹如盆景。

三月桃花四月柳，是白堤的景致。对于我这样长年住在杭州的人来说，四时的风景转换其实都能有新的惊喜。可惜我并不常踏足白堤，我是麻木的。这或许是大多数人和大多数景点共同的悲哀了：因为熟悉便缺乏了兴趣。

我有一个北方的朋友，前些年因为个人感情的原因经常来杭，他经常有事没事地坐在白堤的"平湖秋月"喝茶：就这么痴痴地对着这湖水。或许湖水如镜，荡漾着他内心的涟漪。他说，能守着这样的好水生活有多好。我不觉得，对于我来说，北方裸露的黄土地貌更有一番风味，常常让我的视线有忍不住的贪婪。我想这就是生活在别处的意义。

西湖水基本上都是波澜不兴、风平浪静的，和这白堤一样中规中矩。半程白堤之后，当人走得有点乏了，白堤恰到好处地设置了孤山这么一个去处：这里有鼎鼎大名的林和靖。"梅妻鹤子"据说是他品味到的生活真谛。山深处还有西泠印社这招牌在那里招摇。

白堤的精华我以为就在西泠印社上，从那里俯瞰西湖才是绝佳的位置。这就像欣赏美女，有距离才能品味她的妙处。孤山脚下还有杭州老字号的菜馆"楼外楼"，"西湖醋鱼""叫花鸡"之类的佳肴是这里的名菜。

拐过了博物馆等处所，白堤便到了它的尾声，绿荫丛中肃立着一代女杰秋瑾的塑像。这塑像和风情融融的西湖并不搭调，甚至有点突兀，以至于每一次看到她我都有一点怅惘，不知今夕何夕。

若有所思中，过了桥，出了白堤，但桥下那一个小小的凉亭不忍不提：它曾是一代名妓苏小小的埋骨处。小小的风流蕴藉在一代代的传说里已近乎女性柔美的神话，比白蛇和许仙的故事更加虚幻。白堤的行程蓦然终止于这对女性的张望里。我们或可在这亭内休憩片刻，隔着桥看秋瑾的塑像别是一番滋味：秋瑾和苏小小，岁月的两张容颜，是什么让她们并蒂于这湖畔，既不相干，又千丝万缕地关联着？

遽然想起，白堤的"平湖秋月"处有一株蓊郁的樱花树，据说是国内最大的。友人告诉我说它开花时节云霞灿烂，十分旖旎、别具风情，我曾经企盼了许多回，但一次都没有见

过。这是因为樱花的花期过于短暂了。过了白堤之后才想起
这一种遗憾，方才我走过它的时候并没有。

我们光阴里的柔软

朋友到杭州来时，总免不了要留恋那一湖碧水。如一些
北方的人，他们在杭州待的时间长一点，便又常常有事无事
地去湖边坐坐。而在他们离开之后，这温柔成为他们日后光
阴里秘密的想念。择水而居的生活让人滋润，有一个朋友这
般感慨，他的言语里也有对我们彼此性格等方面的差异的感叹。

我长年住在江南，他们乍见西湖时的惊艳之感是我无法
体会的。我非智者，但生性乐水，而水也和我有缘，居所搬
来搬去都是傍着河，虽然不是什么风景，在我却有一种心安，
仿佛家就该是这样的。而对西湖，我并不特别热爱：显赫的
声名让我觉得它是疏离在生活之外的，它虽然在这个城市之
中，但和这个城市生活着的我们并无别样的亲近。

西湖水美，也很有风情，我却以为它不够自然。在我的
观念里，水是我们不可或缺的，它轻盈剔透，贵在和环境等
的融合，这就像我看女人，我喜欢那些亲切的。女人如水，
或者说水如女人，这道理其实是一致的。

在原来人们对西湖的概念里，西山路之右很早就已荒芜，

没有什么别致的景色。西山路非常寂静，是情侣们的福地。在这条路上漫步，有时候会有奇怪的心境漫延开来：它一侧的湖水秀丽，另一侧却幽秘。这或许也是我内心觉得西湖不亲切的缘由，它太美了，和周围并不协调。

西山路就是杨公堤，这是我后来知道的。和白堤、苏堤一样，杨公堤的名称也来自对一个人的怀念。这个人叫作杨孟瑛，从 1502 年开始任杭州知府。和白居易、苏东坡这样的人物一比较，杨孟瑛太微不足道了，如果没有这一道堤，今天还有谁知道他呢？

1506 年，杨孟瑛力排众议，于农历二月二日开始疏浚西湖，耗时 180 天。当时毁田 3481 亩，所挖的淤泥一部分补益苏堤，余下大部分便筑了这条与苏堤相对，从栖霞岭西侧，绕丁家山直至南山的长堤。西湖始复唐宋之旧貌。雍正二年（1724 年），杨公堤终因里湖不断淤浅、田桑扩大而废去。

这便是史料中有关杨公堤的记载了，它有环璧、流金、卧龙、隐秀、景行、浚源六桥，称里六桥。胡潜的《西湖竹枝词》，把这六桥和苏堤六桥合称为"十二桥"。"十二桥头日半曛，酒垆花岸共氤氲"，当年的盛况在这两行诗中依稀可见。

岁月把这一切都湮没了，就像水淹没了底下的事物。

我想这样也好，多了一些想象的空间，也平添了我们思古之幽情。而我喜欢的是它改造后的景致。在我的视线里，它让西湖自然地融入了环境，不再突兀。

杨公堤之右称之为里湖，有丁家山等景点，但它的水域并不像西湖般广阔，而是曲折蜿蜒的……这近乎是一个休止符。如果说西湖是一个倾国的尤物，从杨公堤开始便向小家碧玉过渡了，这一点在我们到茅家埠一带饮茶时感觉尤深。我以为带着一点稀疏的雨时是它最美的时候，也最可玩味江南的滋味：极目远眺，迷蒙的深处仿佛有我所钟爱的《海上花》的旋律，它让人放松和悠闲。淅沥的雨就这样落在我们生活的一个侧面，成就我们光阴里柔软而温柔的部分，但它是不知不觉的，就像江南人性格中的那些，谁知道它们究竟是怎样生成的。

杨公堤之右的水域，是从西湖的绚丽里衍生出来的，它依然有顾盼的风姿，同时它又有家的感觉，这和它逶迤过去以后的西溪一致。

在有了人类以后，水或多或少的是人们内心的宗教，但水是柔软适性的事物，过于灿烂便背离了它的天性了，除非是大海。

堤的这一边，它是那么的喧嚷，从这条堤过去后，便是我们各自的生活。这像极了我们人生的某些时候。

夜色中的邂逅

我们在甲板上让风吹得倦了，黑沉沉的夜色似乎就压在我的眼前：水声混杂着黑暗，它们渗透在我们的叫喊和高声的歌唱中。像这世上大多数的事物，喧哗、但一无所事，似乎这就是旅途中的享受。

这时候船还在运河上，离太湖尚远。夜风料峭，天空中没有一颗星星闪烁，在黑暗中人莫名地有些忧伤，并且从内心反射出一种动物般的对黑暗恐惧和敬畏的光泽。这也许因为夜是神秘的：因我们的无知和懵懂所产生的神秘。

运河，这是我们眼下所经历着的古老航线，它已经存在了1500多年了。一般的说法是受其富强之资、思逞无厌之欲的隋炀帝为个人享受所开凿的，不过这条河的功过在历史中早已有论断。有趣的是，明天我们要去看的正是太湖之畔的唐城等影视基地（老实说，对于这样的景点我并没有多少兴趣，透着人工的虚假，但航程是既定的）。水声滔滔，在这恍惚欲睡的境界里，人仿佛已阅读了千年的繁华兴衰：在时间里，一切都不可替代。

我闭眼假寐，河水流动在我闭眼的悠然中。

运河是另外一扇门，漫长历史的水下有它自己的积淀，而这是隐秘而可疑的。夜色里这河散逸着躁动的气息，仿佛那被压抑着的孤独的青春，而河道是一匹沉寂中的黑马：布罗茨基笔下那包容一切的黑马，在睡梦中向我疾奔。

运河蜿蜒曲折，黑暗中似可想象"风吹稻花香两岸"的美丽，但这仅是遐想，现代工业污染着的河水隐约呼吸着腐败的气味，有时候人偶尔凝视这河面上的光影，那因灯光而产生的光泽，就会不由自主地想：这就是我们所沉浸着的时代。

我就这样进入了这一夜的睡眠。

醒来时微有些凉意，和早前的燥热大为迥异，颇有风起于青萍之末的意味。人有些感触，但又莫名，恍惚间抓不住所以然。

我起了床，走在过道上。水声滔滔，马达轰鸣间萦绕于耳的却是一船寂静。这寂静直抵人悠然的心底。通往甲板的门开着，一阵阵清新引诱着我。这时候是凌晨4时，在我睡着时，我们的旅途已有过一阵雨：不知不觉，又明明白白，把夜晚时的焦躁过渡到了湿润。

视野在迷蒙中变得开阔，此刻已在太湖之上。夜风吹拂，似乎身体的某个地方总是传来孤单的鸟鸣：这种节奏渐渐成为生活的意义。

一个人在甲板上吹着风，在这雨后的夜晚，在流动的清风之上。夜月如钩，这广袤的夜空它在垂钓什么？它无语、皎洁，柔和得似乎要让人忘却所有的烦恼：人变得澄明起来，这一瞬间就这样突然抓住了我。

心可以静下来，明月如飞鸟，悦耳地升起在我的血液：夜给予我一种朦胧而模糊的勇气，淡淡的在生命的血液中扩散，夜是一座眺望的城堡。

假如我在思考着什么，假如我什么也不思考，我可以无思无想：我在旅途。

我想这便是旅途中意外的礼物了，一种顺其自然的力量：我们通常生活状态的模拟。月光下湖水裂开，又合拢，人淡如菊，寂寞中盛开的是一个人思想里的远足，一个人轮廓的勾勒和形成。

"而我站在远方，夜那么静，我终于肯定／我最怀念的，不是那些终将消逝的东西，而是／鸟鸣时的那种宁静"，这诗句再次打动了我。船航行之际，湖水并没有留下痕迹，而我在这夜的深处凝视着月，蓦然察觉月亮正是一声深不可测的叫喊，一条在暗中为我所拓展的航道。

风终于沉没了我，以一种焦灼代替另一种焦灼，以一种方向代替另一种方向。

我久久伫立着，对于美丽的事物人或许会有些许的幻觉。

而长庚星在月亮的右下方骤然点亮，此刻的星像是一只提灯的手，宿命而孤寂。它独自飘拂，是沉溺于狂欢的泪滴？还是命运里的呼吸？这是意料之外的邂逅，它高蹈，带着个人的启示。

　　而立之年，我清楚地知道，在岁月的流逝中，有一些美丽仅仅出于个人的虚构：心灵需要抚慰，灵魂需要沟通。而这星座是此时和我的一次对话，一种契合。

　　那孤独是高贵的，一种没有来由的让人沉寂的孤独。

　　月光所笼罩的水域悠然而明亮，在幽暗中辽阔，晨曦似乎就开始从它那里渲染出来。

　　甲板上，我一个人徘徊着，不必费心斟酌，不必沉重思考，我的脸庞在微风中充盈着梦幻的色彩，它来自内心，来自我对生活的渴望和理解。黎明后的旅行是那么的遥远，因为我已经完成了一次秘密的旅行，我终于可以肯定，我最怀念的，不是那些终将消逝的东西，而是来自生活的喧闹中某种宁静的力量。

　　某种宁静的伫立于虚空的幻影：我生活中的想象，来自真实。

是清风在倾诉

　　若干年前因为工作的缘故，我常常搭中巴去余杭一个叫作潘坂的地方，印象至深的是那里的修竹和涧水，多年来一直在我的记忆里成为山清水秀的代名词。后来知道它的上游叫双溪，那里的景色更是迷人。

我们到达双溪时已是天黑，晚上看不清风景，月色朦胧，溪水喧哗。隔着溪可以看到淡竹林的轮廓，宁静、安谧，加上那一钩散发着淡淡光华的新月，极似法国画家卢梭画笔下的超现实主义场景。作为毕加索、达利等画家的前辈卢梭，他生命的大多数时候是以枯燥乏味的守关员的身份生活着的，生活在别处是他的梦想，画布成为他最好的倾诉，这和我们离开城市到处闲逛的心情有些类似。在骨子里，人实在是喜新厌旧的动物，动物对于环境总是敏感的，而一个新的环境会引起我们激情的潜流。

"逝者如斯夫，不舍昼夜。"在溪水旁驻足，很容易会有这样的感慨，而黑暗中对光阴的谛听是一种冲动，低调，但是持久。这和第二天我们去附近"山沟沟"转悠时看到瀑布的想法不一样。瀑布所给予人的是那种明亮的冲击，它的一切狂暴不由分说。说到光阴，在山沟沟那处叫作茅塘的景区表现得更加直接一些，比如它的山村小作坊（年糕、豆腐……）；比如它村口的那数棵百年大树；再比如亿万年前地壳运动时留下的花岗岩流——千羊石……

时间是一个伟大的使者，叶芝说：时间带来衰老和智慧。也的确，在山沟沟里，有一个小小的设计颇具匠心：以前的山民为了吓唬野猪，免得它们骚扰庄稼和作物，就利用山坡上的流水的作用，在流水的下方搭了两根竹子，当一头水满的时候，竹竿就下沉，"哐当"一声，过一会儿，另一头又下沉，又是"哐当"一声……这野猪哪里能识破人类的计谋呢，这一吓还不乖乖地退避。我想，这便是时间赐予我们的礼物。

风景往往是时间的产物，而来到风景之地一般是我们为了摆脱既定的程序，是个人时间里的闲暇，这样的感悟让我对旅游心存感恩。

淡竹林在风吹的摇曳里有着疏离的声响，隔溪相望，并在这风声中若有若无地闲扯些话题，用广告般的语言来说："惬意扑面而来。"

我们在这风的怀抱里坐了很久，有些凉意了，有朋友建议，不如烧烤？这真的是好主意啊！在这风的吹拂里，炭火在夜色中若明若暗，香气四溢，大口地喝酒让我们有着古老的情怀，那是江湖里的豪气，而在生活中，我们已经失落许久了。

夜了，便去睡了，有风声，但无梦，而早起时，居然是雨声淅淅沥沥。雨已下了一夜。

第三卷

院　外

海之远眺和漫长的旅程

在时间的积淀下

海能够带给我们什么？丰富的海洋资源，除了能满足我们口腹之欲之外，也有着许多隐形的财富。

从史料记载中我们知道，历史上的中国，宋元之际同世界 60 多个国家有着直接的"海上丝绸之路"商贸往来："涨海声中万国商"，彼岸繁荣，通过意大利的马可·波罗和摩洛哥的伊本·白图泰等旅行家的笔墨，引发了西方世界一窥东方文明的大航海时代。

那个时候，没有飞机和高铁等高速交通工具。

"海上丝绸之路"是一座无形之桥：我们向外传播民族工艺和儒道思想，对"海上丝绸之路"沿线国家和地区以及欧洲各地产生不同程度的影响，甚至掀起了"中国热"。

　　瓷器、茶的外销往往通过陆地、"海上丝绸之路"。产品向世界各地辐射，唐前时期主要销往东亚、东南亚地区；唐宋元时期，主要销往中亚、西亚地区；明清时期，主要销往欧美地区。

　　"海上丝绸之路"的线路所经过的国家有菲律宾、印度尼西亚、泰国、马来西亚、印度等，东海航线还有日本等。

　　在时间的积淀下，丝绸、瓷器和茶叶甚至成为世界认识中国的途径，成为中国的符号，但丝绸之路仅仅如此吗？丝绸之路仅仅是物与物的交易吗？

　　大海作证。

时 尚 的 相 互 影 响

　　杭州是"海上丝绸之路"上瓷器、丝绸和茶叶的主要输出区，也是早期中外文化相互碰撞交流的重要地区。和杭州同样是瓷器、茶叶输出区的福建宁德，近日在茶叶生产地屏南举办了一个别开生面的外国古陶瓷展览，系国内首次。其展出作品由古陶瓷学者、诗人程庸 20 年来海外淘宝时所得，展出的是世界上许多国家的古陶瓷。

　　通常的丝绸之路陶瓷展，都是呈现中国的古陶瓷，而这次展出的主要是在中国丝绸之路影响下的外国陶瓷作品，如波斯三彩、乌兹别克斯坦彩陶、西班牙彩陶、高丽青瓷、日本伊万里彩瓷、越南青花瓷等。展品中还有古希腊、古罗马、墨西哥的彩陶，以及少量中国外销瓷，如元青花。

千年来，中国瓷器外销，带动了世界上许多国家的陶瓷生产，诸如波斯、埃及等。这些国家先是模仿中国陶瓷，然后生产出自己的产品。中国陶瓷文化影响了这些国家，同时也学习了这些国家的陶瓷文化。在中国瓷器、茶的外销过程中，形成了国与国之间往来密切的局面，促进了丝绸之路沿途经济带的繁荣，成为历史上时间最久、跨越地区最广、最重要的东西方文化交流的大事件，直至最终形成了古典时期全球化的经济状态。

互通友好、相互促进、共赢共利，这或许是人类文明发展中最为温柔的一幕：没有征服和战争，有的是一种文明的融合。

以茶为例，从生活方式到思维理念，饮茶对许多国家产生了一定影响：比如公元9世纪，日本刮起一股"弘仁茶风"，贵族间出现了模仿中国人品茶的风潮；公元12世纪，日本僧人从中国将茶种带回日本种植，此后经过长期的本土化，最终形成独特的日本茶道。

到17世纪，荷兰率先通过"海上丝绸之路"将茶叶输入欧洲，开始推行饮茶之风。18、19世纪，茶叶在英国开始由奢侈品转变为大众饮品，饮茶也成为英国传统文化的组成部分。

而今天，日本的茶道等也影响着我们，甚至成为时尚的一种。在我个人看来，这并非文化的悲哀，而是一种推进。

时间的磨合

"城市那么大，看不到尽头。在哪里？我能看到吗？就连街道都已经数不清了，找一个女人，盖一间房子，买一块地，开辟一道风景，然后一起走向死路。太多的选择，太复杂的判断了，难道你不怕精神崩溃吗？陆地，太大了，它像一艘大船，一个女人，一条长长的航线，我宁可舍弃自己的生命，也不愿意在一个找不到尽头的世界生活。反正，这个世界现在也没有人知道我。我之所以走到一半停下来，不是因为我所能见，而是我所不能见。"

这是我所喜欢的电影《海上钢琴师》中的一段独白，如果从某种角度去读，它是阐述大海无常的真谛：城市、生活，以及渗透我们的气候。

在这样的一种人生里，我们有着无限广阔的星空可以仰望，也有着狭小逼仄的空间需要内省。

我们会有这样的经验，海之喧嚣在反复中也会变得单调，但就在这样的单调里，我们能够知道海的多样性吗？如果它的咆哮和它的平静仅仅相隔于时间。

海之柔软和海之坚固同样是一个悖论，海是燃烧的水，去开辟其间的航道注定是一种传奇。

今天，当我们在地图上去阅读"海上丝绸之路"的航线时，往往在这手指头的远眺中感慨其壮阔和辽远，但很少会想到其中的单调和漫长的坚守。海之残酷在于人力很难去抗衡，比如忽必烈曾两度海征日本，均因台风惨败，日本称之"神风"。是忽必烈纵横捭阖的部队突然没了牙齿吗？不，其实是不熟悉海洋的脾性所致。

像杭州生产的丝绸，漂洋过海到了异国他乡后，当年成为奢侈品的代名词。有一个传说，罗马当年的败落，和丝绸到了他们那里所激荡起的享乐之风有关。

外来文化和本土的融合，实际上也需要时间来磨合。

延　续

水，无往而不利。

我们可以想象一下，借助于海洋的四通八达，技术与市场、原料与商品、生活习俗与宗教信仰、思想与艺术彼此交流、相互影响，从东北亚的日本、高丽，到东南亚各地和印度沿海，乃至波斯湾和东非各港口，已经形成了一个"小全球化"的活跃海上丝路贸易网络。商船扬帆万里，而中国陆地是庞大的丝绸、瓷器、茶叶等供应基地，这些深受国外客商欢迎的产品，经过车马、舟船、手挑、肩扛，汇聚到海岸线上的各个港口，然后再装上大船运往海外……

这，使得定都于杭州的南宋，尽管只有半壁江山，却开放出了最为绚烂的中世纪文明：南宋的城市化率、科技商业都是中国古代的最高峰。

马可·波罗把杭州称之为天上之城，可以想见当年的风物。

"海上丝绸之路"作为一项持续时间2000多年、范围覆盖大半个地球的人类历史活动，成为东西方文化经济交流的重要载体，多起点、多航线，在不同历史年代均有其一定的地位和作用，目前已进入世界遗产名录委员会的视野。

而海依然浩荡，海风依然，程庸的丝绸之路陶瓷展展品，像是一面面相互照见的镜子。借用博尔赫斯的诗来说，这是文化的繁殖，借用老子的话来表达，则是上善若水，一生万物。

在人类文明的大背景里，这航路还在延续。

梦里海浪踏长天

大海，我们种族开始的地方。

——（圣卢西亚）德里克·沃尔科特

一个生活在东海之滨的人，他的记忆和海息息相关，正如在他心灵里沉浸着的湿润多雨的气候，那每年夏季如约而至的台风，或者菜市场弥漫的海腥气……然而，他自己也没有想到，要面对真实的大海，这时刻会一直推迟到他成年。

我推究其间的原因，在错过中又觉得空茫：有些东西就这么一直近近地诱惑着你，又让你不能拥有。

海对于我，于是成为内心深处所向往的梦幻，一种灵魂莫名的悸动，让我无数次萌生抒写的冲动。

这梦幻最早来自那些抒情歌曲，来自我童年记忆里的声音，那声音如此单纯、明净："蓝蓝的天空蓝蓝的海"。我知道海是蓝的，并且浩瀚、旷远，契合我少年时明朗的心态，但我又固执地以为，海该是一个美得朦胧的少女，美而神秘，犹如德尔沃画布上那呼吸着月光的少女。

后来看《甲午风云》，一部许多人都记得的老电影，描述了晚清年间那场著名海战。看完电影的那一晚，海赤裸着像一个人走入我的梦境，它湿淋淋地抓住了我的梦：海战的酷烈，隐忍的自尊，一群坚韧不屈的男子……在长天的俯视下，这一切绚烂着、挣扎着、呈现着，就像是我的呼吸。我知道大海是一片燃烧而惊心动魄的天空。

海赤裸着像一份向往走入我的血液。

第一次见到海却是失望的，在浙东的镇海，招宝山上的铁炮依然，但镇海已无海可镇。岁月在平缓中改变了它的素描：

天高地阔，滩涂上昏黄的潮水远远地向远方延展。

远方，是风，是鸟翅上轻盈的风。

但那场著名的海战呢？那招宝山上曾经凛然面对强敌的英雄呢？我一点也无法体味其间可能发生的事，历史在此时如蜃景般虚幻。我低低地告诉自己，这不是海，海是有它雄壮的生命力的，我们面对海就像圣-琼·佩斯宣称的："我们会为大海抛弃任何装备和任何记忆。"

终于去了普陀，似乎只有去普陀才是亲近大海最简捷的路。普陀山是神话中那个慈悲女神的领地，那女神是神奇而非凡的，她叫观世音。我以为她是世人赋予海的象征：博大、宽容、复杂。但可能是我期待过甚，也可能是个人情绪作祟，又或者是季节的不合适，这一次旅行除了让我疲倦之外，丝毫不能唤起在血液中那熟悉的记忆。

去的航船上，海是温柔而宁静的，似乎太秀气了些，我渴望气吞山河的气势。而后来，那暴雨又来得恣肆、铺天盖地，像一个肆虐的顽童，我被阻于岛上，想逍遥也逍遥不起来。这之前，我并未真的见过大海，但我固执于自己那天长地久的记忆，这不是我所要求的海。也许是因为海过早地被我设想了，我给了海一个我所希望的模式。

只有在那几个暗夜倾听的潮声里，我才尽可能地在想象中领略大海的风情。那海，也许只存在于我的记忆，这记忆并不真实，它来自幻想中的大海。像希腊的饮日诗人埃利蒂斯用整个生命所吟唱的，对于我则不一样，我只是梦幻着，我甚至不能非常精确地描述出这梦幻的实质。也许是因为日积月累的向往，这梦幻本身体现了对生命的一种把握和珍视，一种心向往之的境界。

我不再渴望见到大海，我把那海养育在我的内心。

我把它寄托在朋友带来的珊瑚上，洁白玲珑的珊瑚采自大海的深层，透过珊瑚，我看到了海的侧影：

闪现大海记忆的爱，凝结成花束

缀饰书房、客厅，庸常岁月里风之轻抚

一种微不足道的小虫繁殖着

我们不知道，却为这灿烂所陶醉

眩晕于天蓝色记忆波动的深处

这丛幽邃处上升的花：他并不

孤独，孤独的只是大海

时间紧锁的衣服，将被雷霆展览

如同勇士攫取爱慕的心。而

大海的腰肢，在索取的手上减弱、甘美

赞颂和叹息的只是结果，我们

忽略着小虫。看不见的积淀下

一代代产生、流逝

他们的骨骼闪烁出璀璨光芒

从深处，从广袤的天蓝色的背后

无数瞧不清楚的面容忙碌着。风

吹拂我的凝视，假若有一日化为齑粉

因这裸露，凡璀璨的总是不堪一击。

一个有形的人走来，俯身查视

这无形的伤口，荡漾着大海的眼眸。

慰藉我的是这些汇聚成大海的力量，打动我的是象征意义上的大海，珊瑚上的斑点是大海的见证和诠释。

在喧嚣所驾驭的片刻，这是谁的加冕？

如果我的耳朵开放如一座客厅，听听

那些远道而来的孤独，雕刻出贝壳的美丽

后来我许多次见到大海，预想中的高潮却迟迟没有出现，我几乎要放弃了。直到那一天，那海骤然间将我一把抓住。

那是在一个著名的渔港，那里忙忙碌碌的渔民把海奉献给人群的欲望。我应当地诗友的邀请去消闲数日。在趣味盎然的诗歌话题后，燥热的下午已让我们略觉倦怠，友人提议，出去走走吧。我们来到了当地一块人迹罕至的沙滩。

海骤然间把我一把抓住。

新鲜的海风在顷刻中把我湮没。似曾相识，又似乎从未领略过。这海，挑起了我内心复杂的怀想，对生活的眺望和努力，它好像我所熟悉的一个人，我一直要追随的一种东西。涛声滚滚，白浪汹涌，我聆听大海内心的狂野，像一把弓，一个幻象，一头不耐烦的厌倦了被驾驭的巨兽。

生活是这样展开的：一个不谙世故的男孩，一段理想中燃烧的蜡烛，在他看上去一平如镜的行程上，有一些风暴始终在他的暗处，表面上他是快乐而张扬的。他的生命如此旺盛，而他还是感到辽阔中的寂寞，因为他在寂寞里发芽，找到一种自己喜欢的生活方式，他熟悉了自己的呼啸……生活在改变，他长大了，像若干世纪中海岸线的变迁，多少漫长又短暂的眩晕，他独自迎接着，像迎接阳光和风暴……他希望自己是海。

大海在为我竖起一面遥远的镜。

我久久不敢开口，海若无其事的风度使我惊讶。记忆流出来，很快触摸到了海。我觉得它在亲近我，因为它包容了我。我们的脚下有细小的蟹倏忽来去，机警、聪明；我们的头顶有鸥鸟辽远的叫声。

我喃喃自语：我要写一首诗，一首关于梦幻的诗……

那活泼的蟹和优美的鸥鸟，只是沧海桑田的对称：我的精神也如海鸥般搏击着阳光，它斑驳而炽烈，充盈着昂扬的男性的欲念，但又有那么一点恍惚。一瞬间，似乎有许多繁华一一掠过，在万马奔腾的背景里，它们定格成今天。

我脱了鞋，除了袜，赤着足，我感到那海上升到了身体中，席卷着我，这是怎样的一种激情和感激，这是怎样的一片海？

现在我似乎独自面对着岁月：岁月荡漾如斯，我手持属于我的那一份时间。时间点亮在阴郁和黑暗的边缘，而光明始终洞悉着我。

我渴望飞翔，但只在沙滩上留下一串串浅浅的脚印。

我奔跑着想把这沙滩全部写满，风声就更大了，有着剑拔弩张的意味。

那是谁的叫喊？那又是谁不屈的坚持呢？

这样的相遇，注定了只能在意外中，它给人的是不可思议的燃烧。友人对于大海司空见惯。对于生活在海边的人来说，海是一条被拴着脖子的狗，他们随时可以牵着它溜达。

因此，友人缺少了我的狂喜。

而我在那一刻想到的，将在我的一生中受用不尽。

我急于想写出这首诗，可回到城市后，仿佛海浪抚平我们的脚印，这梦幻又在血液中潜伏下来：我写不出一行关于它的诗。

海似乎是我最亲近的，又似乎遥不可及。

我想我得放弃对它的赞美，任何赞美都不适宜，现在它已和我深深融合，我得用漫长的生命一点点写出它：当生命的涓涓细流融会之时，生命将蔚为壮观，气象万千，不枯竭，不干涸，犹如这海。

在下午的沙滩上，我喊叫、奔跑。迎着风，我渺小然而存在着。

阳光灿烂，我充满着对生命的敬畏。

每一个人心中的大海都不一样。对于我，随着岁月的增长、消磨，海也随之在记忆里长大、成熟起来：它受过我的尊崇、爱慕和误解，而现在走入我血液中的大海，是一个在自己的前进中，在时间的改变里若无其事的人。

在喧嚣的沙滩延伸着的海底，海平静地宽容着一切，它的记忆是一个人的记忆，那里有微小的战栗，有背叛、承诺和结晶……

它知道它得面对，它在睡梦中走来拍着我的肩膀，微笑着说："兄弟，你也一样。"

远行的河

在远处，这水所流过的开阔之地

一座热闹的城池

犹如岩石冲击流水时的喧哗

它奔涌着、欢腾着，

和流水浑然一体，迎接夜晚的色彩

——《城和水》

运河之畔的一个符号

我一直以为，河能够让人产生远行的念头：因为水是流动的，而只有流动的东西才能保持住它固有的活力。

童年时，从杭州去塘栖走亲戚是要坐运河船的，这在当时的我看来就是远行了。天还没放亮，我便被父母催促着起来，去塘栖航班的时间就要到了。在船上有一种人在旅途的恍惚，尤其当沿途河埠头那些洗衣妇的面容一掠而过时。河道在出了杭州城后变得开阔起来，如果是秋冬季节，两岸的树给人一种稀疏的美态，这和春夏季节的盎然绿意相比，又有别样的风情。童年记忆里的塘栖，是剪纸和窗花在脑海里的叠影；现在的塘栖，广济桥依然矗立在河道之上，江南水乡的重新构建让它成为运河之畔的一个符号。

现在从杭州去塘栖也不需要坐船，汽车过去快得很，半个多小时的路程，有时候这会让人觉得有一种诗意的流逝，一种慢转快后的不适。带着这种不适，我们拥有了今天全部的生活。

消失的和终将消失的

这么多年生活在运河之畔，我对这条河有如家人般的熟悉：尽管我所能知道的只是它向我裸露出的那部分，但我总以为自己是熟谙它的。

许多年前，我住在卖鱼桥边一条叫作贾家弄的小巷里。这巷子或许和南宋那个蟋蟀宰相贾似道有些关联，这是我的臆测，也或许没有。只是在很多年以前，那里的确是贾姓的集聚地。记忆里那时候的卖鱼桥恰如其名，桥边是一个很大的自由农贸市场，此起彼伏的叫卖声和鱼腥气掺和着成为运河的景致。后来这市场整体搬迁到了信义巷和草营巷之间一段废弃的河道上，就在卖鱼桥的桥西，很是热闹了几年。现在又建设成为一条有着风俗特色的步行街，十分的繁华。20 世纪80 年代的信义巷在我的印象里颇具江南风情，尤其是寂寥的雨点敲打着瓦片和石阶之时，它传递给我的是那种固执的青春的迷惑，如同戴望舒在《雨巷》中表达出的惆怅和缱绻之情。

我最早去过的茶室就在信义巷里，一个唱评弹和说大书的所在。我随着爷爷去坐过几次，茶室里有一个小小的木台，台上只放置一张方桌、一把椅子，说书先生就在这台上绘声绘色地表演着。似乎是到了某种紧要关头，说书先生会猛拍一下桌子上的醒堂木，声音也随之高亢起来，而台下的观众往往也会喝一声彩。但这些传统曲艺的吸引力对于一个孩子来说可能还不如一根冰棒，这让我对成人们的行为有着好奇：他们为什么会如痴如醉？对孩子的灵魂而言，就像米沃什在一首诗中所写的："为适应人类，我们学习善和恶。"

许多年后，茶楼在这个城市开始了另一种普及，和当年我所见到的信义巷的茶室也有了很大的区别，而我开始不由自主地怀念起那间光线幽暗氤氲的茶室，或许，在本质上我是一个矫情的怀旧者，又或者那种瓜子果壳狼藉的随意让人流连。

现在在运河周边，依然有一些茶室保持着一些过去的传统，但并不多见了，人们享受的方式和情调都已经有所不同。

河水之下

杭州素有"茶叶之都"的美誉，也是茶文化的发源地。《梦粱录》里有这样的记载，杭州的茶肆仿汴京，插四时花，挂名人画，装点店面。四季奇茶异汤。而运河边的茶楼（园）大体是在近代兴起的。茶楼卖茶兼演戏，是后来杭城戏院、电影院的雏形。根据史料的记载，从卖鱼桥到拱宸桥这一带，当时是杭州茶楼最集中的地方，大大小小的茶楼星罗棋布，这在郁达夫等人的散文中偶尔还可以找到一些蛛丝马迹。这些茶楼在浓郁的茶香中往往伴着民间文化艺术表演，最受欢迎的就是我在前面提到的在信义巷茶室中常常上演的说书和评弹两种。现在这样的场所几乎找不到了，时间让生活方式乃至日常的娱乐都发生了改变。

说起来，当时的一些时尚，也是由运河水带来的。如杭州的第一部电影，就是在拱宸桥阳春茶楼放映的。1908年（光绪三十四年）农历5月17日至22日，《杭州白话报》连续刊登大幅广告："拱宸桥新开阳春外国茶园，主人司点文生聘请英国美女跳舞大戏天下第一活动点光影戏新发明，电气留声机大戏三班合演。""影片数百幅，日日更换，无美不搜，尤为有目共赏。""诸君届时务惠临。准期四月十日起每夜开映，价目：包厢4角，正桌3角，起码1角，小孩1角。"这个广告吸引了成千上万的杭州人，所谓"上到江干，下到湖墅"，人们争向拱宸桥一睹这个从未见过的新玩意儿，杭州人第一次在茶园里看到了无声电影，杭州也从那时起有了电影。

此外，当年的一代名伶盖叫天，他出道时也是在拱宸桥的天仙戏院，当年他14岁，演出了《天水关》《翠屏山》《十八扯》等剧目。此后他沿着运河水慢慢红透了大江南北。

在那些说书艺人的看家戏里，有一本《说唐》是极受茶客们推崇的，因为它的热闹和精彩。民间把运河的产生演绎成隋炀帝杨广的暴桀，似乎他是为了一己之私（下扬州）才劳民伤财下令开凿的运河，而他暴政的产物成就了以后的盛唐。我后来以为杨广虽然让隋走向了灭亡，但依然是一个不乏魅力的男人，运河开凿以后的功能和效应在1400多年的时间里早已得到明证。他或许更是一个充满了怪诞的想象力的帝王，他的热情和疯狂使他不屑于循序渐进地等待：在时不我待的催促中，他是一个悲剧。尤其当他拍着自己的脖子笑谓欢好后不胜娇慵的妃子说："大好头颅，谁刀砍之？"这句话让我觉得风平浪静的运河也变得奇崛和壮阔起来。

从今天回眺历史，运河的产生谁会说没有前瞻的意义？在夜风料峭的月色下，沿着运河漫步，有时候胡乱地这样想想，在今天运河闪烁的灯光的掩映里，不由会有"几度夕阳下"的感慨。

那种源远流长的力量

记得仅在卖鱼桥到拱宸桥这数里的运河之畔，当年就散落着多个粮仓等仓储之库（我和小伙伴时常逾墙去里面抓蟋蟀和打鸟），运河对于民生的重要性由此可见一斑。听老一辈的人讲古，拱宸桥曾经是杭州那些做苦力的搬运工和渔民的聚集地，也是私娼流莺出没的下只角，据说郁达夫便经常匆匆到此遣兴。这从另一个角度诠释了运河千古以来的繁华和河道上穿梭着的忙碌。我现在经过运河的时候，有时会隐隐约约想到这一些，却也并不觉得有多少的历史底蕴和慰藉，这正如大多数人的生活，更多的是平常中能给予我们的触动，是那种源远流长的朴素的力量。

当年对大粮仓富义仓的保护和开发，在若干年后的今天看来是值得赞许的。房屋要有人的加入，才能维持它的灵性和温度。对文物的合理开发利用，应该是一个大课题，前些时去贵州，甲秀楼上上下下摆地摊式的开发，不由让人唏嘘莫名，甚至有着见面不如闻名的慨叹。相比来说，运河两侧对这些老宅旧院的利用，基本上实现了相互间的协调。

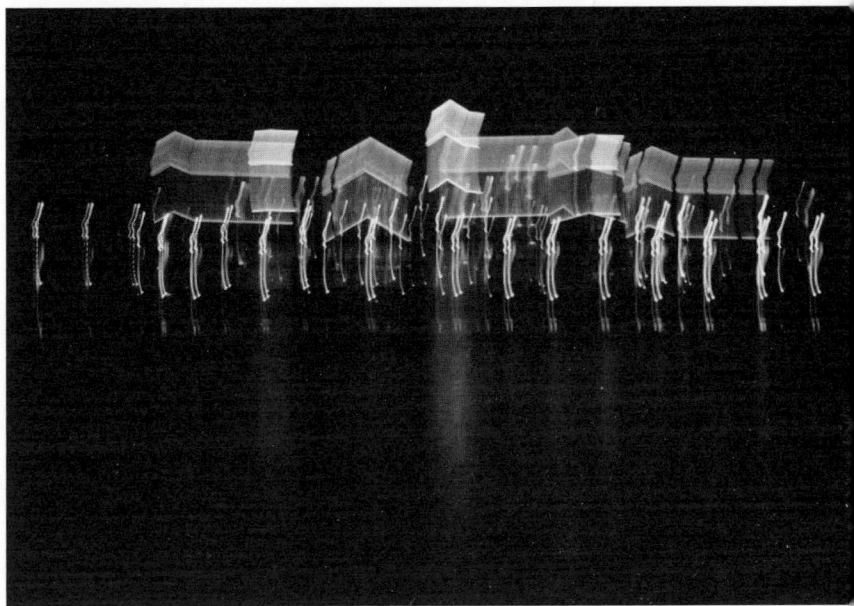

蓦然回首，有白驹过隙时的身影
像是在这些时间与时间之间
花瓣轻轻坠落，而一声叹息
它形成了一座岁月之城……

变，和从未改变的

在对童年的回望里，中间有那么一些年的运河水是我不想述说的，曾经清澈的河水一年年污浊起来，运河在杭州城里的这一段，不仅再没有活着的鱼和游泳的人，还散逸着一阵阵的恶臭，像艾略特在《荒原》里所描述的死河。工业文明的残忍莫过于此，莫过于那些污浊的油一样凝重的河水，运河虽然还有南来北往的船只，但在爱它的人眼里已经病入膏肓。

庆幸的是后来若干年里对环境的综合治理让运河水重新灵动起来，而世界非物质文化遗产的认定更是对运河起到了保护作用，也让我有了在运河边再度漫步的兴致。

平静和缓的运河水相比于那些自然的大江大河，可能更具一种居家过日子的平常，一种细水长流的韵味；就像是沿河散落的灯火，也像是现在散落在运河边的慢生活街区。对照它 1400 多年的历史，这几十年的经历只是一须臾，它的动和静、张和弛无疑自足而荡漾，有浅浅的涟漪和风雨，它依然是南北交通的干道，但不再是举足轻重的枢纽。

这正如我对运河的理解，它就是这样一条让人凝神喜乐的河，一条使人安心的河。沿着这样的河水，我们能抵达我们想要去的地方。

河水就这样流动着，既在变，又似乎从未改变。

郁达夫，那个时代的火车代言人

因为火车，他能够走了那么多的地方

"他近来觉得孤冷得可怜。他的早熟的性情，竟把他挤到与世人绝不相容的境地去……默默地在那里数窗外人家的灯火。火车在暗黑的夜气中间，一程一程地进去，那大都市的星星灯火……"这是郁达夫名篇《沉沦》中的文字，在他的那个时代，火车也许意味着进步和先进，所以郁达夫在他的小说里给了火车这样一个暗喻。

我们现在在富春江畔可见郁达夫的故居，屋前他的铜像年轻得有些青涩，意气风发是有的，但和我因他的文字而虚构而敷衍出来的形象有着出入。住在他临江的房子里，如果登高远眺，是很容易产生远游的欲望的。而在郁达夫的文字里，也有许多记游的，而且我们可以在阅读中知道，他的很多次出游是借助于火车的。从这一点来说，郁达夫就已经是一个先驱了，一个身体力行的精神和肉体上的远游者。

我曾经闲想过古人的出游方式，他们是会骑马还是坐轿？抑或如李白那样仗剑踏歌的游历，但无论如何，日行千里是古人的"科幻"，只有剑侠一类的传奇里才会出现。这种慢的节奏一直以来是我的一个迷梦。我曾经想过，如果选择那样一种出游的方式，那么我的一生可以踏足多少地方？后来发现自己根本不能忍受那种慢吞吞的在时间里的消磨，这就像是布罗茨基的诗句："有了鱼子酱，谁还去把鱼想？"这或许也是郁达夫出游时喜欢火车的缘故，在他的一些文字里，即使他从小生活在富春江畔，即使他天性乐水，他对坐船时的那种缓慢也是颇多抱怨的。

郁达夫生活的 20 世纪之初，刚好是现代化的启蒙时代，他也恰逢其时。下面的这一些地名堆在一起是比较有趣的：富阳、杭州、上海；日本长崎、神户、大阪、京都、名古屋、东京等；北京、青岛、济南、北戴河；苏州、扬州、无锡、安徽休宁屯溪；诸暨、金华、兰溪、龙游、衢州、江山、永康、天台、临海、黄岩、雁荡山；福州、武汉、香港；新加坡、印尼，等等。

这些地名仿佛缀成了郁达夫一生中重要的历程，而大多数他都是借火车或转道火车而往的。他的游记中出名的集子应该是《感伤的行旅》。在那些游记里，郁达夫简直把火车当作了他的另外一只脚或者是另外的一只眼睛。

郁达夫虽然走了那么多的地方，最终却被这样定格：在他的出生之地，富阳人现在把那条巷子叫作达夫弄。

在郁达夫屡次的出游中，有一次是值得特殊记载的：1933 年，郁达夫时年 38 岁，当年的秋天，便应杭江铁路局之邀，到浙东一带尽兴地旅游了一次，他写了《杭江小历纪程》和《浙东景物纪略》两篇游记，这大抵是旅游指南般的读物。然而，火车给予郁达夫的还有别一样的感受："火车的单调的声音，使人不能不睡。我想诗的音节的功效也是一样的，例如 speuseianstanza，前八节是一样的长短节奏，足以使人入神，若再这样单调下去，读者就要睡了，于是从第 × 行便改了节奏，增加一个音。火车是永远的单调，并且是不合音乐的单调。但是未来派的音乐家都是极端赞美一切机轮轧轧的声音呢。"

火车的汽笛鸣响，比马嘶要嘹亮，更雄壮，更能激动人心。在我的童年，我们这些孩子经常群聚着去铁道看火车，好像那就是到了远方，我想那个时代的人，大多数看到火车时一定有我们童年时那种激动的心情。

风雨茅庐，他以为天堂就是乡关

杭州现在还有郁达夫的旧居"风雨茅庐"。而说到郁达夫和他的"风雨茅庐"，免不了要扯上他和王映霞的绝恋，也免不了要扯上鲁迅的劝阻。也许在鲁迅的眼里，杨柳依依、青山绿水的杭州是个消磨人的温柔乡，居久了会与世无争、不思进取。又或者鲁迅并不太看好朋友的这一段恋爱，以他目光的犀利，他看出了其中的不妥，又不能直言相告，于是有了这样的公案和曲折。

"风雨茅庐"在吴山脚下，占地一亩一分，是单层平房花园别墅，费银万元，耗时几年，于 1936 年春落成。一个文人拥有这样的房屋在今人看来已近乎奢侈了，尤其是能够按照自己的想法去设计：郁达夫设计了正屋和后院两部分，正屋是物质的生活化的，而后院纯粹是个人的天地，三间书房足够让人羡慕了。

和郁达夫文字给予我常常有的那种人生的窘迫和迷惘不同，当我推开"风雨茅庐"那扇隔着时空的院门之时，我感受到这里所承载的激情和理想。

曾因酒醉鞭名马，唯恐情多误美人。

若干年后，和王映霞劳燕分飞的郁达夫内心的苦涩这样流泻出来，他所营造的"风雨茅庐"成为一个宿命，并在以后的风雨中一日日破败下去。我很想拣一个有雨的日子和一二知己友好地坐在"风雨茅庐"的檐下，品茗，闲着听雨，偶尔说些少年时的荒唐和放浪。

而郁达夫的内心终究是纯净的，和他所设计的"风雨茅庐"一样，洁净，并无太多的枝枝蔓蔓。

实际上，郁达夫从上海回到杭州的那天，真的是一个有风有雨的日子，这似乎是一个不祥的预兆：1933年农历4月25日，郁达夫从上海迁居杭州。这天是星期二，是迷蒙的阴雨天气，他一家5点钟便早早地起了床，打包整装，赶赴上海的老火车北站。

他在日记里这样记载："携女人儿子及一仆妇登车，在不断的雨丝中，向西进发。野景正妍，除白桃花，菜花，棋盘花外，田野里只一片嫩绿，浅浅尚带鹅黄，此番因自上海移居杭州，故行李较多，视孟东野稍为富有，沿途上落，被无产同胞的搬运夫，敲刮去了不少。"

中午1点钟到达杭州城站，雨下得很大，他费了好大的劲，才把一大堆的行李和妇雏、仆人安顿到了"东倒西斜三间旧屋"的新居里。

关于这次搬家，郁达夫在《移家琐记》中这样说，上海"洋场米贵，狭巷人多，以我这一个穷汉，夹杂在三百六十万上海市民的中间，非但汽车、洋房、跳舞、美酒等文明的洪福享受不到，就连吸一口新鲜空气，也得走十几里路。移家的心愿，早就有了"。诗人为此作了一首《迁杭有感》："冷雨埋春四月初，归来饱食故乡鱼。范睢书术成奇辱，王霸妻儿爱索居。伤乱久嫌文字狱，偷安新学武陵渔。商量柴米分排定，缓向湖塍试鹿车。"

然而，他的天堂很快就从他的手指间流走了，他并不能握住。握住幸福在和平年代都属不易，更何况在那风雨飘摇的年头。1936年2月，在婚变前夕，他离开了杭州的"风雨茅庐"，前往福州任当时福建省政府参议兼公报室主任的闲职。也许在他踏上去福建的列车之时，他会有不经意间的恍惚：经营人生要比经营文字难得太多了……

《感伤的行旅》，透过他的眼睛我看到

我喜欢郁达夫，也不仅仅是因为他的文字，更多的可能是因为他留下来的点滴中所能看出的性情，比如他的嗜酒和好美食、好美色……

先说他的好美食，据王映霞的回忆：郁达夫有很好的胃口，"一餐可以吃一斤重的甲鱼或一只童子鸡"。郁达夫住在上海赫德路（今常德路）嘉禾里的时候，鲁迅、许广平、田汉、丁玲、沈从文等人常去郁家吃饭，尤其是姚蓬子，经常

一日三餐都吃在郁家。郁达夫的饮食爱好，可以说是完全江南化的。比如每天早晨，他不喜欢吃泡饭，可是下饭的小菜，却十分讲究，常是荷包蛋、油氽花生米、松花皮蛋等可口之物。

从这个意义上来说，他踏上去福建的列车是一种婚姻不幸后的补偿。看着车窗外此起彼伏的景色，他一定不会想到他日后遍尝了以海味为主的福建饮食，会在《饮食男女在福州》一文中，赞扬福建的"山珍海味，一例的都贱如泥沙……一年四季，笋类菜类，常是不断；野菜的味道，吃起来又比另处的来得鲜甜……作料采从本地，烹制学自外方，五味调和，百珍并列，于是乎闽菜之名，就宣传在饕餮家的口上了"。

郁达夫对福建的小吃，也是津津乐道。他列举了"肉燕"（一种将猪肉敲得粉烂，和入面粉，制成皮子，包上蔬菜等馅做的馄饨式的点心）、鸭面、水饺、牛肉、贴沙鱼（可能是比目鱼）等小吃，并称它们"亦隽且廉""各有长处""倒也别有风味"。我恰好前一阵子去过福州，徜徉在三坊七巷的市声喧嚣里，对郁达夫文字里的美食颇有感触。

郁达夫嗜酒，有"大醉三千日，微醺又十年"之句；酒中醉中，他乘兴做出了许多好诗文。他的嗜酒，在现代文坛上是人皆知之的。他不仅于寓所独饮，与朋友同饮，甚至在途中（如坐火车）也饮，有时以酒为礼馈赠文友，这在许多知名作家的文章与日记里都有记载。如郑伯奇在《回忆创造社》中记道："哪一家的花雕味醇，哪一家的竹叶青好吃，哪一家有什么可口的下酒菜，他都一一介绍，如数家珍；为了品味，有时我们会连续吃上几家酒馆。他常常喝得面带微醺，就更加议论风发，滔滔不绝。"鲁迅的日记里也有记载："达夫来，并赠杨梅酒一瓶。"

在火车上喝酒，那是一种对酒的真爱了，点滴流成了微醺，而风景在车外转瞬即逝，那个时候，"倒也感到了心的快乐，旅行果然是好的，目视着两旁的躺息在太阳和风里的大地……"（《感伤的行旅》）。

是真名士自风流，生活的真谛。也许这为郁达夫打开了另外的一页，沿着那铁轨铺陈的大地，他一次次地生活在了别处。

当年的铁路对上海人来说好比是天外来客，1874年吴淞铁路（中国最早的铁路，为英国资本集团擅自修建）铺轨时，每天总有上千人，或乘轿，或驾马车，由数十里乃至上百里外赶来观看。火车未通，已经热闹非凡。经过一年的时间，铁路终于修成通车了。

从来都喜欢追逐文明的上海人立刻成了火车"发烧友"，坐火车游玩也成了类似今天出国观光一样的时髦之旅。1876

年 6 月 30 日，上海到江湾段通车，观者云集，昂贵的车票顷刻间一售而空。上海人竞相奔向火车，整个铁马路——即今天的河南北路——水泄不通。许多买了头等车票的富贾巨绅只能到下等座厢才可觅得一席之地。

火车那高昂的吼叫道出了上海人由衷的欢畅。沿途的天通庵一带到江湾都是田野，在欣赏窗外风景的同时，他们都品尝到了现代交通工具给生活带来的巨大喜悦。

不足一年间，小小的上海市便有 16 万多人次乘车游览。于是，上海人知道了一种以煤或木炭做燃料的新式交通工具，以一种形象而又颇具神话色彩的叫法取名"火轮车"，后来叫"火车"。

清政府却对火轮车报有无法言说的戒意与担心，甚至害怕筑路铺轨，火车轰鸣，将惊动山川神灵，旱涝灾害也将不断发生，天下大乱。

吴淞铁路通车一年后，北京朝廷不顾囊中已万般羞涩，硬挤出白银 28.5 万两买下铁路权，并责令上海道台立刻把铁路全部拆毁。这些可怜的铁轨后来被运到台湾，充作运煤之用。

虽然以后吴淞铁路重建（今淞沪铁路），沪杭、沪宁铁路也相继开通，当初在上海滩头意气风发的火轮车却早已完成了自己的历史使命，在今天，蒸汽式机车早已淘汰，当年火轮车的吼叫成了遥远的回声，也许偶尔还能在上海人心中泛起一丝微妙的历史沧桑感……

　　淞沪铁路已成为怀旧往事，河南路的"铁马路"的称呼却就此流传下来。今天，新上海的路面已到处体现着现代化的风貌，旧上海马路所包含的梦幻感觉已荡然无存。当年漫长的弹街路，如今也被小心翼翼地在历史博物馆中仿建出来。

"幸福终点站"：他的行旅突然休止

　　"1938 年底，郁达夫应邀赴新加坡办报并从事宣传抗日救亡，星洲沦陷后流亡至苏门答腊，因精通日语被迫做过日军翻译，其间利用职务之便暗暗救助、保护了大量文化界流亡难友、爱国侨领和当地居民。1945 年 8 月 29 日，被日本宪兵残酷杀害，终年四十九岁。"

　　把这一段文字抄在这里，多少是一件扫兴事。在那个黑暗的时代，郁达夫无意间成为时间里的火车头，他用自己死亡的诗意成就了黑暗中的鸣响，仿佛是早年小说《沉沦》里的象征。我看过由周润发演的关于他这一段生活经历的电影，明知他的结局，还是忍不住悲从中来。

　　清宣统元年（1909 年）沪杭铁路建成通车。1911 年郁达夫 15 岁第一次乘火车去嘉兴。那个时候，像他故居前的塑像一样，年少的郁达夫对于这个新的世界有着憧憬和敞开的胸怀，他期望他的人生犹如火车与铁轨之间的铿锵，或许他实现了……但对于个人却是悲剧的，如一个象征。

在那个时代的火车站里，在那些列车与列车交会的地方，突然就这样少了一个熟悉的身影，少了一个在车上买醉的"无形"文人……不经意间，他的行旅休止，他缺席于这之后的每一次旅行。我相信那个时候他是平静的，尤其是死亡在海涛的喧闹里袭来，在苏门答腊有腥味的风中，他的目光穿过富阳的那条曲折的小巷，向着颠沛的生活之旅氤氲开去……

札记六则

关公战秦琼

上午第四节课才开始，我们便坐不住了，这一堂课的 45 分钟成了煎熬，我们早早地盼着下课铃声的响起。如果碰到意犹未尽的任课老师，那才是一件糟糕的事，每一秒钟都变得无比的漫长，就像失眠的人倾听水滴屋檐时的那种冗长和郁闷。终于下课了，我们以百米冲刺的速度往家里赶着。终于，我们听到了这一天评书连播中的后半截：故事缓缓地在那里流着，我们还能够把它和昨天的情节丝丝入扣地联结起来。

如今，许多年过去了，少年时的狂奔成为遥远的记忆，昔日的痴迷也逐渐显得暧昧和模糊不清了。到底是哪一出故事呢？有时候我这样纳闷：什么故事有魔力激起我们灵魂如许的风暴，并让它在狂奔中得以稀释？《杨家将》《说岳》《说唐》……直到现在，我也没有把那个说书的单田芳是男是女的问题搞清楚，他的声音蛊惑着我们，有点儿像男的，也有点儿像女的。谁晓得，连梅兰芳都会是一个蓄须的男人！

在现在的书肆上，这些古老的说书话本都以精致的装帧纷纷面世，但我已无阅读的兴趣了。在后来的日子里，我终于发现这些话本之间相互的模仿和惊人的一致性。这或许是我们在想象力方面的枯竭和因循：关公战秦琼绝非一个笑话，名字是可以替代的，而故事在无限中增殖，同一个故事的情节将被克隆成无数类似的故事的风景，每一个人在另一部书里以另一个名字出现：像博尔赫斯所慨叹的一样，程咬金（《说唐》）可以是牛皋（《说岳》），也可以是焦赞（《杨家将》），可以是胡大海（《明英烈》），也可以是×××（各类传奇）。这样的类似不胜枚举，足以见想象力的贫瘠和骨子里的虚弱。

同样的症候也出现在另外一些地方，如明清时候的文人小说，本该最具个人创造性的色情描写在很多时候居然是一成不变地照搬，多么令人沮丧！这种赝品意识成就了大众的普遍性，但是对于一个有良好胃口的人是多么容易令人厌倦。到了今天，对于那些传奇里的故事我差不多全部忘记了，但我相信那些经脉足以让我梳理出别致的岁月沧桑。我相信，一个人阅读的形成和他的其他品质的形成一样需要时间和经验，而最不需要的恰恰是品味：任何故事的讲述总有它产生的道理。

但怀疑根深蒂固，足以动摇一个人的激情，像法国影片《烈火情人》的最后一幕：许多年之后，那个苍老的男人在车站重新邂逅曾唤起他青春野性的女子，他发现她的粗俗的喧哗和这世界一样，并无二致，他只是被迷惑了……

螺蛳壳里的浮生

一个朋友说，想吃螺蛳了。春光明媚，阳光能够薄薄的敷在我们的视线里，仿佛一切都是短促的。在清明之前，舌尖上微小的饕餮之火，一旦被提出就会轻轻燃起：它是一种感觉，好像耳鬓厮磨时的那种柔软和坚硬，舌尖对于螺蛳的身体充满着欲念。对于螺蛳而言，无论是否在狭窄的壳中做起了道场，此刻，在舌尖热情的拥抱中它完成了一场虚无的盛宴，那是我们对短暂春光的觊觎。

摸螺蛳和河蚌的年代想起来已经恍如隔世……实际上也没有那么久，对于每一个人而言，童年的脱离是一种甜蜜的空虚，它此后指向了腐烂，那些在暗中的，我们不曾发现的岁月在那里慢慢沉积，能不能发酵得看天时地利了，就像河蚌总是在河床的淤泥里窝着，当我们的脚踏到这硬物时，保护它的壳也成为了暴露它的缘由。蚌是闭合的，有一种意志

里的傲慢和抵抗，它是自大的帝王，但我们可以把它撬开，
熬汤或者炖肉，有时候让人意外的是珍珠的发现，蚌病成珠，
也算是无用之用了。

　　小的时候，对于螺蛳和河蚌是亲切中带着漠视的，毕竟
它们到处都是，在那些健康的水域里。

　　我曾经在自家的鱼缸里放了几枚螺蛳进去，然后在无所
事事中打量它们的缓慢：被混沌地丢下去的时候，它的门是
害怕的合拢的，我总觉得古代的盾牌也许是从它这里得到了
启发。那个时候，我想它是害怕的，它也许能够叫出声来，
但它的声音太微弱，我们并不能听到。

　　在水底的安静里，它能够慢慢舒展或者说是平复自己的
心情，它把眼睛的触须慢慢伸出来，多么像是一个梦幻，和
与它类似形体的蜗牛相比较，螺蛳的眺望更具有一种乡土的
意蕴。螺蛳是笨拙的，即使我用手指头隔着玻璃去触碰，它
置若罔闻，也许在它眼里，我就是一道奇怪的阴影。

　　突然有一天，鱼缸里爬满了小螺蛳，它的繁殖能力让人
惊讶，在鱼缸的小世界里这简直是一场暴动。我再一次扮演
了上帝的角色，把它们一一捞出来，当然，还是有漏网之螺
的，就让它继续逍遥着，直到它再一次在小世界泛滥。

　　这之前，我们相安无事。

　　我曾经有邻居是吃螺蛳的高手，用汤勺舀一勺闭着眼睛

送进嘴巴，过一会儿吐出来，壳是壳，尾是尾，还有螺蛳那无用的盾牌都在桌上堆积成一处。我觉得她是一个极厉害的人物，几乎就是一个高手，在童年的时候，仅就这一点，我对她充满了敬仰之情，甚至看见她时有些莫名的畏惧，能够把一件看起来没有价值的事做到如此精致，这不得不说是一种天赋和过人的能力。

而我儿子也喜食螺蛳，但他缺乏耐心和与之相匹配的舌之灵巧，童年的他有的是办法，他用牙签把螺肉从它的宫殿中剔出来，有滋有味，也有模有样地咀嚼，他想必有一种征服的快感。

说到螺肉，我曾经什么也不加清水去煮，但似乎并不美味，可如果加上料酒和酱油，或者放上一小撮的盐末，它的味道几乎是一种人间清欢的至味。它的味道其实是通俗的，并不那么惊艳，但却在我们的生活中，勾勒出日常生活的景象：

我们也不过在这样一个小小的空间里，腾挪、呼吸、出生以及消逝。

我看到鱼吞下一枚螺蛳，又完整吐出，它无法咬碎螺蛳的盾，但我们可以，如果我黄粱一梦，化身为螺蛳，想必就是得过且过、小富即安的场景，大隗国的遭际是不能指望的，但它有它的欢乐，我有我的幸福。

湖泊、池塘、水田和缓流的河溪中，如果我们仔细观察，都可以看到螺蛳的影子，它和这些栖身之地大抵合而为一，低调到了可以忽视的地步，它是沉默的大多数，却并不深沉。

于它，这无非是生活的一种。记忆里，我总觉得应该有写螺蛳的诗，像热爱美食的苏东坡，但翻了一些资料，终究被一个现实所照亮：它是沉默的，它的浮生不被记载。

而舌尖吮吸它时的愉悦是那么的真实，很多时候，我们记忆里的梦就这样被放下，然后从我们的指缝间飘走了。

指缝间的游戏

我儿子现在最喜欢的地方是超市，因为那里有"翻斗乐"，吐字尚不清晰的他对于这三个字能够说得和"爸爸妈妈"一样标准，可见那地方对他的诱惑力之大。尚不足 2 周岁的小儿可以在"翻斗乐"里不知疲倦地玩上两个小时，即使小腿肚子发软也不愿回家，和他同样乐而忘返的还有大大小小的儿童。"翻斗乐"能够吸引那么多的孩子，说穿了也就是很简单的塑料管道、蹦蹦床、皮球、滑梯所组成的游戏空间，但它和肯德基一样很得孩子的心，所以它的票价也不便宜，在我所在的这座城市是 20 元一次，其他的地方想必差不了多少。

陪儿子玩的时候我偶尔会感慨或者嫉妒，在我的记忆里，小时候那每年两次的郊游是仅次于过年的幸福，父母能够给五毛或者一块的零花钱。这之间当然有物价、物质生活水平提高等方面的因素，但其间的距离足以令人感叹。

儿子玩得满头大汗，他很愉快。我不知道他的这种愉快和我儿时能体会的愉快是否相一致？我想在本质上它们是一样的，只不过在我小的时候，我玩泥巴、棒冰棒、香烟壳……玩那个年代作为一个孩子我们能够找到的乐趣，孩子对玩的创造力是无穷尽的，他们可以把每个平常的日子都过成一个伟大的节日。

现在的孩子也并不是每一个都能享受物质生活带来的欢乐，有些人的父母还要为衣食生计奔波。这样的孩子在我们的生活中到处都是，我常常见他们依偎在自己父母的膝下，同样洋溢着满足的神采。在我们小区的门口，有一对收购废品的年轻夫妻，他们带着个三四岁大的女孩子，我时常见她在叠纸盒的游戏里得到由衷的快乐，一个人"咯咯"地笑着，这满足未必就逊于玩"翻斗乐"的孩子。

而且有一些古老的游戏在孩子中依然代代流传：如美国人泰勒·何德兰写的《中国的男孩和女孩》和英国人坎贝尔·布朗士写的《中国儿童》两书中，20世纪初的一些孩子玩的游戏我们今天还能找到，如"老鹰抓小鸡""猫捉老鼠"等（这是两本很有趣的书，两位作者又都是传教士，中译本合为《孩提时代》一册）。究其竟，我以为这是孩子的天性，孩子想象力发展的需要和他们对社会最初的好奇的探询，他们在自得其乐的游戏中学习人生的经验，刚刚体验到欢乐、沮丧、失落和成功……这将潜藏于他们的生命并影响他们的人生。

在我的游戏版图上，最让我迷惑的是许多年前一位我已经记不起来的长辈在灯光下的手姿的阴影，为我栩栩如生地演绎了狼、兔子、狗等动物。其间的道理在我年长一些的时候自然懂了，但当时的那种迷惑却始终追随着我，在这种好奇里我对世界有着适度的敬意：它们居然能动起来！

我儿子有时候喜欢用手遮住眼睛，而后透过指缝来看我们，他一个人会乐不可支地笑起来。我想不出他看到了什么，我也不知道有什么值得他笑的，但他的快乐常常会传染给我，我希望他所看到的世界有着想象的美好和丰盈的诗意，而他在游戏中渐渐地长大。

他们是骑马还是坐轿？

这疑问时时在我的心里，最初它只在一闪念间，我记得是去苏轼牧守江南时时常踏访的那座名山的路上。我坐在朋友的轿车里，外面是炽热的夏季，我们的车速差不多有时速

100 公里左右，我突然有了这样的疑问：即使在我们看来只要一个小时的旅程里，古人需要的可能是一天，或者更久。在时间里眺望，他们的一切都是慢慢地、慢慢地消磨在旅程中，而我们是如此匆促。

这成为以后寻幽问胜时伴随着我的问题，我把自己的旅游剖成了两半：一半出于现实，在我身体抵达的地方；一半出于虚拟，在想象可能吹向的风中。一般而言，我到过的地方已经有很多人到过，我走着的路有着不计其数的人走过，而最终带来的还往往是失望，就像韩东在那首著名的关于大雁塔的诗里的情绪。很多年后，我知道自己已经失去当初的热情了，学会的是对自己的敷衍和麻木。这不奇怪，我很清醒地意识到这一点，但常常无能为力，所幸的是在时间的迷宫里我拥有想象的权利，在一首诗里我悲哀地发现："旅行就是对地图的／强奸"。这种不动声色的暴力居然引起了许多人的共鸣。

从这时起，我越来越迷恋于那些长衫飘拂的古人了，他们何以有这般的热情，在读万卷书之余，又能够行万里路？要知道，现代意义上的交通是 20 世纪才有的事，而落后的交通状况为什么能激起他们漫游的兴趣，并且乐此不疲，还常常能够留下壮阔灿烂的诗篇？

资讯的发达和交通的便利在让我们得到便捷的同时，也让我们失去了灵魂中的某种对困难的滋养。无数次的斟酌让我得出这么一个似是而非的结论，这道理是简单的：速食的事物能带来的欢乐同样也是转瞬即逝的，这和性和其他世间的万物都是相似的。在某种意义上，古人在天地间的漫游是彻底和孤绝的，比如我们都很熟悉的诗人李白，他在离开家乡后从此就再没有回去过，甚至他父母的死讯都是隔了许多年以后才听到的。我揣测这种孤身上路的勇气，似乎和如今意义上的探险家们不同，后者是生命的呈现，而前者几乎就是生命。

常常，一个很有名的地方我去了，我知道李白或者苏轼或者谁谁谁都曾赞颂过，但我没有这样的感慨，这是否是因为我少了其中在路上的期待，日行千里对于灵魂不见得是种幸福。

更重要的是我已经习惯于文明所带给我的周遭环境了，我们的想象更多的来自生活，就像地球人对外太空生物的描绘，大体上还是以我们自己为蓝本的，我无端地眺望着古人的幸福，却也对眼下的生活甘之如饴，"有了鱼子酱，谁还去把鱼想？"布罗茨基这样勾勒了我这种心态的素描。

我依然热爱着到处走走，借助于汽车、火车和飞机，在一种旅行带来的倦怠里品尝到时间里的忍耐：它给予我们的是公平的，我们因此有了不同的思维方式和迥异的生命态度，这或许才是风景里真正的秘密。

在他们美丽的岁月中

奶奶老了，爱唠叨，时间在她絮絮的言语中悄悄流逝。有时前尘往事随意在她静守着的孤独生活里出入。她静静地坐在故居老宅的大门口，如同静静地坐在80多年的长廊尽头。

在奶奶陈年琐事的光阴里，许多我所陌生的人物穿行着。同样，奶奶也活在别的老人的记忆里：那时候，她可真年轻，才16岁。他们结婚了，像小孩子过家家，孩子气十足地吵嘴、斗气。老人们边笑边说，细碎的时光在他们回溯的凝视里滑落。那时候他们吵架了，你爷爷抢着你奶奶的绣花鞋就跑，又偷偷把绣花鞋扔到了马桶里，气得你奶奶直哭。老人们边说边笑，他们该是有着那一季的妩媚。岁月像镰刀大片大片收割着生活，许多生活在暗中、在熟稔的心灵里美丽摇曳着。

我把这些听来的故事说给奶奶听，她看不到她红晕的脸颊微有些老年人的羞涩。她久久沉默着，在她老年的生活里，她似乎又看到那个先她而逝、矮小倔强的老头。我想自己不该说这些的，记忆是一头让人忧伤的兽。

奶奶会想起些什么，关于他们美丽的岁月？

他们记住的也许是他们年轻时的灿烂。像我故居的后门住着那个老头：一间低矮的茅屋，一个痴癫的老头。他看人时目光直直的，像是探询，像是疑问。他不爱说话，常常一个人沿着河道漫步。在晚上，黑暗沉浸的乡村里，时常回荡着他撕心裂肺的嚎叫。我有些怕他，但大人们注视他的目光中，既怜悯，又有些尊敬。

他死了。我向奶奶问起他，奶奶说，他死了，在夜色里追逐一只杜鹃时跌入水沟死的。他为什么要追赶杜鹃呢？我问。

年轻时，他们夫妻俩恩爱逾常，后来他妻子病了，他万分焦急，到处求医。他的诚心没有感动上苍，他心爱的妻子终于要走了。他守在妻子的床头，攥着妻子的手。杜鹃在门外的树枝上叫，他的妻子走了，也把他的魂带走了。

出殡的日子，人们在他的脸上看不到泪，他看上去很平静。

后来只要听到杜鹃声，他就以为妻子回来了。奶奶的叙述在模糊的时间里勾勒了一个美丽缠绵的爱情故事。奶奶说，人们发现溺水的他时，他的脸色出奇的安详，微有些笑意。

或许他看到了杜鹃声里的幻象。我这样想，并真的希望是这样的。记忆里那个古怪的疯子变得柔和亲切起来。

在他们美丽的岁月，许许多多的故事流传着，现在他们老了，回首前尘，却记住许多不经意的美丽。一个活过80多年的人，他的生命有多少值得打捞的？山穷水尽，他留下了一些什么？

我爱着奶奶，听她絮絮地唠叨，有时候会想，当我老了，我要唠叨些什么，这样想着便觉得内心湿润起来。

且饮茶

我嗜茶，且越喝越浓，哪一日如没有茶水的侍候，我是无法想象的。所幸的是我生活的江南诸多好茶，"龙井""碧螺春"……大多数是耳熟能详的，也有少数新开发的品种。而我对茶并不挑剔。茶叶在沸水中的舒展，犹如艺伎的舞姿，在沉沉浮浮中给予我一如既往的凝眸。

时下茶楼已经相当的普及，茶道作为一种文化也已经人所共知，但我对其间的意蕴总有些疑惑：在生活节奏舒缓的古代，一壶茶，一柄蒲扇，好友酬酢谈禅论道，这是何等的逍遥与自在！而一旦这种骨子里的精髓演绎为商品之时，更多的恐怕是模仿和赝品的产生，是今天对古代的模仿，是时人遥远的羡慕：得不到的东西总是好的，这普遍性的道理其实到处都在。

"寒夜客来茶当酒，竹炉汤沸火初红。"宋代杜耒《寒夜》一诗中的意境足以引起我的遐思和神往了，素朴中的温馨和真挚在这寥寥数语中呈现出来，而且摇曳动人。唐诗宋词的言外之意总是让我心生羡慕，虽然有时候我又感觉它的单薄。这或许构成了我们伟大传统的一部分，我们一代代地把它积淀着、继承着，又一代代地加深了它，当它和世界取得对话之时，就像茶和可乐，单纯从饮料的角度来考虑，我无法甄别它们的优劣：茶是繁复的，可乐是简约的，请人喝茶是桩雅事，请人喝可乐则大可不必大张旗鼓。如果仅仅从解渴的角度而言，两者各有千秋，所以有时候我也喝可乐。

文化是用来干什么的？现在的文化何其多也，更多的恐怕只是用来装点门面，用来把玩，所谓大道无言，真正的道理实际上应该是它的本质。这么一说，我多半成了焚琴煮鹤煞风景的人，我觉得自己需要这样的清醒，我懂，但我不卖弄，我守着这样的底线，踏踏实实地做些自己愿意做的事。

人喜欢给自己找理由，以前我每日抽一包烟以上的时候，我说这是手势，习惯了在这手势里思考。后来我戒了烟，并没有太多的压力，和很多朋友所想象的都不一样，我只是想戒了，而且我是个意志非常薄弱的人，想好歹做一回意志的主人，这样居然就戒成功了。戒烟后，我发现以前给自己的理由并不成立，一切都是时移事迁的。人在这个世上生活，总喜欢抓住一些真实的东西以确定自己活着的形象。换句话说，我向往简单的生活，但对于物质我享受得很。在 35℃ 的高温里喝一壶热茶，出一身大汗，觉得通透了，而后施施然地躲进阴凉的空调房里，我觉得并不矛盾。

第四卷

人间世

穿行，或在时间里悠荡

我能够记住，遗忘或者离开

一种平衡，是命运说出了躲藏

那些街道和屋邸，那些投影灵活于季节

他们的博物馆之旅会从这里开始

作为一座细节精致和有历史深度的城市，杭州在这个意义上是一个大的博物馆。细究起来，在那些人物与人物、时间与时间里穿行，不由得会有一时的恍惚，尽管城市日新月异，但它的底蕴依然在那些具体的事物上。意大利的卡尔维诺在他的《隐形的城市》里谈到过这一点，也许在他看来，人类的历史就是一册书。

在 20 世纪 80 年代以后，杭州市的博物馆陆续建成开放，而在这之前，浙江博物馆是西湖边唯一的有历史风景集纳的地方。今天的杭州，已拥有综合性博物馆两座（浙江省博物馆、杭州博物馆），同时也有像中国茶叶博物馆、中国丝绸博物馆、南宋官窑博物馆、胡庆余堂中药博物馆、良渚博物馆等各类专题博物馆，以及都锦生织锦博物馆、张小泉剪刀博物馆、观复古典艺术博物馆、世界钱币博物馆等企业、个人创办的博物馆，它们犹如西湖在丰富的历史渊源里荡漾出的涟漪，并且久久扩散在漫步者的身体里。

博物馆对于人的影响是显而易见的，比如我常常去的浙江自然博物馆，那里有恐龙化石的展览，而我的孩子在屡次去过之后，他已完全成了一个恐龙迷。三周岁左右他就已经对恐龙如数家珍，恐龙成为他秘密的欢乐。我们之所以常去也是因为他，在隔了一阵子之后，他总会想到要去那里看看。在那里的，大多也是像他一样大或比他大一点的孩子，他们的求知欲使自然博物馆成为他们一生中有可能的博物馆之旅的开始。

浙江自然博物馆是我国自己创办的历史最悠久的博物馆之一，至今有80余年的历史。前身为浙江省西湖博物馆，1952年为浙江博物馆自然分部，1984年独立建制。新馆位于杭州市西湖文化广场，现有馆舍建筑面积2.6万平方米，馆藏标本15万余件。目前陈列展出有动物、植物、地质史、恐龙与海洋动物及人体科学和科技角等 8 个专题，融知识性、科学性、趣味性于一体。确切地说，其实不只是孩子，成人看了也颇有意思。它的建筑在城西林立的高楼大厦中独具韵味，而孩子是那里最可爱的风景，时间里一些事物的喧闹在这里簇拥着把秘密告诉你：有一种时间机器的意味。

在这里，因为科技的发展，还有一些孩子喜欢的小游戏，这让博物馆动了起来。

风景犹如我们内心与光阴的邂逅

杭州最知名的浙江博物馆本身就是风景："浙江博物馆位于孤山南麓，它的前身是 1929 年西湖博览会后建立起来的浙江西湖博物馆。1990 年扩建，占地面积 20400 平方米，建筑面积 7360 平方米，是目前浙江省内最大的一座具有江南园林特色的'园中有馆、馆中有园'的人文科学博物馆。"

这是一般的对浙江博物馆的介绍，实际上该博物馆和西湖的景致非常的和谐，建筑群和湖光山色的有机结合很让人惊讶。

浙江博物馆武林馆区地面一层展厅共设五个部分，第一部分题为"文明曙光"，陈列着 7000 年前余姚河姆渡遗址出土的文物外，还陈列着马家浜文化、菘泽文化和良渚文化等新石器时代的文明成就。这其实是江南这一地方在时间源头上的一次追溯，集体的辉煌似乎在那遥远的年代里诉说着。

在浙江博物馆孤山馆区，陈列着出土及传世的商至宋、元时代的各类历史文物。有铁器、铜器、金银器、陶瓷器、漆器、雕版印刷、纺织刺绣和书法、绘画、石刻造像等实物。

漫行于文明的长廊里，我们对于文明的注视很有玩味的意味：它们像是一扇又一扇的门，当我们穿行过其中一些的时候，总有期待和意外的惊喜，或者我们会有这样的"他乡遇故知"的感觉，原来在时间里，它们是在这里深藏着的，这些时间的碎屑，他们是我们的宿命。如果有那闲暇的工夫，我们或许还能打捞出一些思想的由来，或者历史中某些事件发展方向的由来。

而陈列着民国时期浙江的社会、经济史料及浙江现代革命史料的武林馆二层名为"钱江潮"，这里也许是让今人倍感亲切的，因为与现在相隔的时间不长所以带来了一些温暖的感觉。

此外，博物馆还经常举办中外名家绘画以及雕塑艺术展览。

我近年的若干次博物馆之行大抵是因为去欣赏展览，但往往陶醉于那里的氛围，而后沉浸其中。

在浙江博物馆里，我们还能看到闻名遐迩的文澜阁，这是我国清代珍藏《四库全书》的特大书阁之一。它是清代乾隆四十八年（1783年），由原圣因寺行宫后面的玉兰堂改建而成。清光绪六年（1880年）于旧址重建，阁分三层，重檐飞椽，简瓦板垄，勾栏望柱，气势雄伟古朴，"文澜阁"三字是用满、汉两种文字写的，由光绪皇帝御书。阁的左侧是御碑亭，阁前点缀水池、叠山、曲廊、亭榭，是一座具有江南园林风格的藏书楼。

在这样的博物馆里徜徉，除了让你感觉到时间的压力之外，也会让你对时间有更深一层的认识：光阴如花，但硬朗的刻刀刀刀让你感慨。而博物馆内似乎有影子的摇曳，博物馆外却是一城的风光。光阴不居，但或许它是意外的美丽，一如邂逅。

时间把它们泡成了一壶浓郁的茶

杭州的龙井茶是知名的品牌，关于茶叶可追溯到很久远之前，除了说说茶圣陆羽、苏东坡一些人的轶事外，主要的传说是那个风流皇帝乾隆，现在的龙井还有乾隆御点的"十八株茶"。在杭州这样一个地方，建立一座茶叶博物馆也是想当然的事。

我有几个台湾的朋友来杭州观光时，对茶叶博物馆他们是赞不绝口，其规模和资料的齐全让他们留恋。杭州实在是一个让人想住下去的城市。茶叶博物馆建在一个好地方，在山清水秀的梅家坞一带，傍着山势，一派田园风光。茶叶的炒制和它在沸水中缓缓地舒展的过程，很容易让人想到所谓人生的滋味。而这样一座博物馆的建立多半是机缘巧合。

还有几家特色博物馆的建立也是得益于杭州的得天独厚：如在西湖风景区南缘、乌龟山南麓，在为数众多的石材厂、陶瓷品仓库中间，有一座古色古香的仿宋建筑格外引人注目。

据说这里原是南宋王朝祭天的地方，素称郊坛。20 世纪 20 年代，在这里发现了大量的南宋官窑碎瓷片，初步定为南宋官窑遗址。1991 年在这里建立了南方最大的遗址博物馆：南宋官窑博物馆。这是国内第一座以古窑为基础的陶瓷专题博物馆。在这里，一个龙窑的大门成了博物馆展厅的入口。走进去，就像是进了一个真正的古窑。

以"青瓷故乡"为开端，在龙窑造型为主体的展示空间中，青山绿水的环境烘托出悠远的氛围。"宫廷赏瓷"展区用的是电视虚拟演播设备，在特定的背景下播放南宋宫廷赏瓷的场面，陶瓷的种类、名称通过片中人物之口一一道来，远远比听讲解来得生动有趣。其后的展示分为"御用之瓷""风雅之美""陶瓷之路""南宋官窑遗址与工艺"四个篇章，形式、材料、照明等都达到现代博物馆陈列的标准。

那些古陶瓷品，甚至只是些碎瓷片，也许很平常，但依附于其上的韵味是厚重而穿越时空的。我曾去过浙江的另一官窑遗址上林湖，满地的碎瓷有着让人忍不住回眸的惊艳，这里的碎瓷片给人同样的感受。

在"南宋官窑遗址与工艺"这一部分，博物馆对原遗址总体覆土回填，提高到原来的高度，局部则展示了原貌，可让观众在遗址区亲眼见到800年前南宋的窑址。这种借鉴了国外遗址保护的做法，据说国内只有两处，一南一北，北方的是陕西耀州窑。我们或许能想象出数百年前这里的热闹景象：陶车轮的簌簌声响、龙窑的烟火腾腾、师父对徒弟的口传身授，如今只剩下这一片废墟，既往的火热和华美成为一袭想象的袍子，但爬的不是张爱玲的跳蚤，而是一种来自我们血液深处的鲜活。

在时间的漫漫沉浸里，它们都被泡成了一壶浓郁的茶，比如中国印学博物馆、江南水乡文化博物馆、杭州南宋钱币博物馆、杭州眼镜博物馆、西湖博览会博物馆等，无一不显示出了时间雕琢里的意义，但在这些具体的馆舍里，我们个人的兴趣也许会有更大和更值得记忆的空间。

杭州的博物馆之旅可以拉得十分悠长，这是一座有着历史凝重感的城市所能给予我们的馈赠。

它们会比我们更加长久地存于时光之中

在今天，资讯的发达和日益精美的印刷品，使博物馆的存在面临着挑战，它们如何能够更加吸引人们的视线？阅读历史，在某种意义上是一个城市应有的内涵。但人们走进博物馆，看到的却是呆板的展示，这样的目的不可能达到，它需要更先进的理念和更恰如其分的表达。

正如我们前面所说的，南宋官窑博物馆在这方面就进行了有益的尝试。该馆新增的语音导览系统和公众触摸查询系统投入使用，这两套系统将科技手段和人文财富相结合，让博物馆焕发了现代光彩。多媒体等科技手段、观众参与的互动式展示、开放式陈列……这些蕴含先进理念、先进手法的陈列及展示方式，如今在杭州的博物馆都看得到。

而在杭州博物馆，有个"镇馆之宝"——邮票观赏器。其他博物馆收藏的邮票都是贴在展板上供观赏的，但这里任何一张邮票都可以通过放大镜看到。据说这个设备此前只有以色列才有，杭州博物馆的邮票观赏器是通过照片自行研制出来的。或许也正是由于这些软件的应用，杭州的博物馆有了更好的开放的姿态。

现在博物馆一般都是免费开放的，免费本身就是一种敞开。像河坊街上的观复古典艺术博物馆，它是由著名收藏家

这寂静是一匹如此巨大的野兽

它睡着，我们静好；它醒来，我们战栗。

马未都等私人筹建的，它的存在，从一个侧面使我们对日新月异的城市有着另一种喜悦，这是在保护和拓展的概念之间，是我们这个城市的另一种隐形的秘密。或许它们会比我们更加长久地存在于时光之中，它们使时间有了另一种出口……

恍惚如海

象山的出名多半是因为它的海鲜，石浦饭店在江浙一带现在已经开得到处都是了，它几乎成为一个符号：是食客对佳肴的一种期待，或者是饕餮之徒寻芳的一个去处。而我之于象山，更多的是由于那里的友人，这是我对风景的另一个理解，它演绎了生活中另一层面的隐秘，像隐藏在海面之下的那些事物。

但我一直不知道为什么要把浙东的这半岛叫作"象山"，是因为它的形状像大象？还是由于它的某处出名的景致？

旅程往往从热闹和企盼开始，象山之旅也是如此，大多数人在这样的夏季便一头扎进象山最著名的松兰山，它号称金沙碧海，有庞大的沙滩群：南北逶迤，滩滩相连，大大小小，居然多至六处。

"潮来一排雪，潮去一片金。"沙滩的风光，大致如此，对它们的描写太多，已经失去了固有的韵味。现在来这里的人大多是贪婪那海水的舒适，就像我孩子对于大海那近乎盲目的热爱。到处都挤满了人，花花绿绿的泳衣在灿烂的阳光中喷薄。在这里留心一下，会发现真正漂亮的人体并不多，而平时它们都被衣服遮掩着，身体到了海边就开始自己说话了。

多年以前，我到象山看朋友，曾到过另一片沙滩：在不远处的石浦渔港那边，有一个气派的名字，叫皇城沙滩。一个阴郁的午后，我们在无人的海边漫步，海的喧嚣像是一个启示，它急不可耐，又从容不迫。那个时候我震慑于它的莫测的灵魂，我觉得记忆里的大海应该如此。后来我又多次去过那沙滩，和这里一样也已经被开发了，商业化在当下毋庸置疑，却在一种心境里让人索然无味。但和大海的亲近只有这样是安全的。

儿子现在看到海浪已经不像一年前那样转身就逃了，那个时候三岁的他是典型的叶公好龙，现在他开始享受海浪拍打的乐趣了。他说："真舒服啊！"这或许也是这个沙滩上所有人共同的感慨，人们的身体在这种轻逸里上升。若干年后，他会忘了以前和父亲这样把沙子相互涂抹时的欢快，而和大海的亲近却悄悄镌刻在他的心灵里了。

时间和我们脚下细碎的沙子一样易于流逝，喧闹里，没有人会去探究数百年前这里曾是战场：在这绵延的海岸线上，曾是抗倭的前线。戚继光的塑像依然面向着大海，而慨叹和不慨叹一样扫兴，时间留下的只是它本身。在这里，海成为一个度假的背景，就像它的涛声成了我们玩乐的背景音乐。

沙地上有很多非常细小的蟹倏忽来去，那是些极其迅捷又异常脆弱的小精灵：它们有人的指甲盖那么大，跑起来迅速得如同一个梦，一下就到沙地里不见了。去抓它们时，一不小心就会把它们摁死，它们在手心里很无辜地躺着，像泡沫一般。这和滩涂上的那些招潮蟹大不相同，那是强壮和张牙舞爪的。

空气里都是海的气息：在八月，这种气息显得狂躁和抑郁。视野里明晃晃的一片，有点像海明威笔下的那种场景。在石浦渔港，港湾里泊满了大小不一的渔船，因为是在禁渔期，它们安宁地泊着，很安静，也有些寂寞，尤其是当鸥鸟盘旋在翩然飞舞的旗帜旁时。

人类向大海索取了无数年，当大海开始吝啬起来的时候，人们终于反省自己的索取无度了。禁渔期或许是一个补偿，让大海能恢复它的活力，当然这更多的是人以退为进的智慧，文明的进步在很大的程度上是由于人对自然的理解。我在渔港的水域上眺望着休渔期的渔船，内心有所感触：似乎大海也到了它的中年，在无私地养育子民的同时它力不从心了。

而大海在本质上是属于青春的。我多年来一直这样以为，这如同我所喜爱的那个叫作花岙的小岛，在那里，凄清的夜晚甚至可听到狼嚎。那里在我的个人地图上成为青春的坐标：因为那里曾经生活过的张苍水。张苍水的墓在我生活的西子湖畔，而他在历史上能留下身影却是因为这小岛。"反清"在许多年前是一些人的理想，随着清朝江山的稳固，许多人也就良禽择木而栖了，而张苍水率领着一群和他有着同样理想的士兵，在孤悬海外的岛上坚持多年，史书上后来这样记载他："张苍水，名煌言，字玄著，浙江鄞县人，崇祯十五年（1642年）中举，26岁投笔从戎抗清……1664年后隐居花岙岛，屯田练兵待机东山再起，后在杭就义。"

他曾经设想过后世对他的评价吗？我在花岙岛的海岸漫步之时，无端地想，张苍水或许是青春的一个符号：他和涛生涛灭的大海一样固执而充满激情，而这些都是青春的表象。现在我们在岛上兵营的遗址凭吊古人之时，我们真正缅怀的也许是他躯体内蕴藏着的这种少年的火，这和年龄无关，主要是对世界和生活的一种态度，而我们许多人做不到，我们有太多的心机和顾虑，随波逐流是我们大多数时候的选择。

沧海桑田在象山这些大小不一的岛屿中随处可见，如花岙岛的海滩中，居然有许多香樟树根的化石，它们稳稳地扎根在海的咆哮里，在坚实的沙地上散发着奇怪的香气，像是光阴的一个秘密，既默契，又让人惊讶。

这一次因为行程的匆促，花岙岛只能让我隔岸遥想了，但所幸的是还有一处风景和它遥相呼应，那是在红岩。

红红的岩，间或有碧、青、蓝、灰、黄、白等颜色的嵌入。红像是流出来的血，它沿着海岸漫延开来，有千米之遥，而且有着繁复的变化。浪来时，高低错落犹如琴键，或呜咽，或激昂……这种诉说其实是人为的，主要是我们的心境和思考的角度，像瓦雷里在诗中所感慨的："终得以放眼眺望的宁静"。自然的造化和我们的经历有着某种暗合，这有如依附于岩壁上的牡蛎壳。在这里，我想到张苍水们的血，我想，在这个意义上，海依然是年轻的，它的休渔期也是它的孕育期。和一个人一样，它的状态不可能总是剑拔弩张。

在象山，这样的景点颇有一些，而对于风景，我一直以为，它需要的是和灵魂的契合，并产生共鸣，这和一本书寻找读者没有大的区别。

在个人的角度上，我愿意把这一次象山之旅终止于石浦的老街：因为它萦绕的世俗气息。这几年，许多地方都把留存下来的老房子老街道当作商业卖点，这里自然也不例外，好在它还基本维持着原来的模样，没有太多的修缮。在这条石板路上行走之时，住家生火时的烟气让人很踏实。

我住在石浦的友人当初便是在这街上的中学教书。我第一次到石浦拜访他时，因为对海鲜的酷爱我一口气吃了八只有膏的海蟹，让他在惊讶之余有了做主人的骄傲。那个时候真的是非常年轻，现在如果吃那么多，恐怕肚子要抗议了。石浦海鲜为什么出名，我想我这样的贪吃也是一个佐证，一个小小的注释。现在我的友人已然走出了这条小巷，他投入了另一片海：商海。他依然坚持着某些东西，这使得他在很多时候也像是繁华都市里的"孤岛"。

生活总是这样矛盾，在让你成熟的同时又保持着一些青春的余韵，像这条老街：有着旧时代的余音，也有对当下生活的观照。这里保留的一些东西非常有趣，如墙壁上留下的那些店名，如小巷拐角处的神龛……它们在沉默中渗透了海风的消息，然后敲打着那些贝壳和鱼干串起的风铃，在铃声里掀动海深处的波澜，是祝福，或者是寄托？

在浙江沿海的一些地方，嫁女儿，娘家要陪上许多嫁妆，如果从这个角度去考虑，其实是很能理解的：女儿嫁给了渔民，渔民总要出海的，出海就意味着风险，多一些嫁妆，便是让女儿今后的生活多一份保障。

风铃在我们的头顶摇曳，这种看起来很诗意的事物背后深藏着生活的艰辛，向海讨生活的渔民们对海的感情或许如此，和我们对生活的态度一样。

而海，依然在那里奔腾着，它有它自己的宿命。

被推开的是什么：出走的

灵魂，还是编织成了香囊的爱？

秘密的守护者，依然有着

这样磐石般的心：远方在熊熊燃烧

是什么打开了他们的门？

　　北方有一个朋友来，陪他从断桥处入了西湖，便沿着白堤一路洋洋洒洒地逶迤而行。快到白堤尽头的时候，朋友很有些失望：这就是俞楼？在绿荫掩映的孤山脚下，西泠桥的南侧，一幢两层三开间的中式楼房，它的门牌号码是孤山路32号。

　　从前它不需要这个指示性的号码，曾经是"行到白沙堤尽处，居然人尽识俞楼"。它的赫赫声名来自它的主人俞樾，俞平伯的曾祖，一代经学大师。朋友对俞楼的感触或许是因为书本，而眼前的俞楼是朴实的：青砖实叠、本瓦坡顶、四面开窗，很传统的中式建筑，面对着一湖好水。值得一提的是屋后的连廊和西爽亭等，不大，却清新雅致，一块青石牌坊上书着"小曲院"。

　　花落春仍在。

许多年前，有一个参加科举考试的年轻读书人，他的这一句诗得到了考官曾国藩的赏识。这一年，他和后来官至极品、声震朝野、毁誉参半的李鸿章做了同科进士。

这个人便是俞樾，他后来走上了一条潜心治学的路，卓然成家，后来的章炳麟等近代史上的名家便出自他的门下。我和友人在这楼中徜徉，外面是依稀的光阴，楼内却因远处的人声和车声愈显寂寥和落寞，一如当年的俞樾，让我们玩味的是他在那个变幻莫测的大时代里那种心如止水的态度，他的隐忍、决绝和诗意成就了他，而这也让我们今天推开了他的门。

俞樾非常清楚地看到了他自己的人生之路，他沿着这个轨迹去规划自己的未来，甚至还有些轻率，毕竟浮华的诱惑让人难以拒绝，清风明月更多的是一种理想。

俞楼之外便是逶迤到孤山的小径，相对于西湖整个景区的繁华，这里被明显地疏淡了，但意外地有着润泽和另一片天地的葱郁，犹如我对俞楼的那种感觉：它不惊艳，或许有些平实，但它是婆娑的，有那种灵魂自在的摇曳和开放。

对于我，俞楼暗示了一种人生的态度：面对楼外熙攘的游人，这楼的主人以他的方式允诺了多年之后我们对他的造访。对于他，这并不突兀。孤山路32号，一个程序化的年代里，这成了如同对梁祝般爱情的怀念。

在西湖边的名人故居有不少，能让我"爱屋及乌"的除了俞楼外，还有郁达夫的"风雨茅庐"和马一浮的兰陔别墅。郁达夫、马一浮和俞樾这三人并不相似，却都是很有趣的人。

郁达夫建造茅庐和俞樾的隐居不同，更多的或许是服从于某种生活的牵引。

马一浮并不是兰陔别墅真正的主人，但他在这地方住了16年之久。我之所以把俞楼、"风雨茅庐"和兰陔别墅并置于一处，是因为这三者完整地勾勒出了那时代文人的风致。

马一浮和俞樾性情颇有相似的一面，任民国政府的教育部秘书长不足两周便请辞了，而后潜心国学，布衣终身。有一段轶闻颇可猜度出老先生的真性情：陈毅元帅来拜访，马一浮居然睡足了午觉才出来见客，而元帅也是雅量，谈古说今间成就了一段佳话。

狷介和淡泊如此统一于一人身上，又意外地和谐，这样的人格魅力在生活中已经不太见得到了，这应该是我推许他的缘由。

回到兰陔别墅上，它又被称为蒋庄，当年属于富商蒋国榜，建筑面积达千余平方米，在今天的"花港观鱼"公园的东南角。蒋庄临湖修筑，亭台楼阁玲珑精巧，近湖平台的两棵广玉兰盘根错节，百年之后已有10余米高。蒋国榜富甲一时，在这样的景致里却对经商有了厌倦，一心要随着马一浮读书。这是商人蒋国榜的可爱，即便是附庸风雅，到底也不是俗不可耐抑或面目可憎。

马一浮当年住的"真赏楼"，砖墙、木架、土瓦、灰幔，两层三开间。犹如马一浮是典型的文人一样，这建筑也是典型的中国古典风格：主楼建筑飞檐翘角，花棱门窗，水木清华，古朴典雅。以今天的眼光看过去，总有若干的不真实和距离。要想对马一浮生平有所了解，踏入这座楼便能知晓，珍贵的资料在这纪念馆中都有呈现，这里就一笔带过了。

俞楼、"风雨茅庐"、兰陔别墅，在不经意间勾勒出了那时代文人的风貌，有激情和失落、有沉潜和狷介，也有狂热和对自身的期许，他们或许会在生活的不同阶段给予我们启示，这些东西或多或少地积淀在我们的血液里，这成为我一次次打开它们的门的缘由。

不是风，是后来的人打开了它们的门。

香榧眼

它们在光线中悄无声息，潜伏在
这样的晕眩中，围绕着生命的圆舞

杂树在岁月中成了一种经济作物

眼是灵魂的窗口，而香榧有眼。

它的眼，甚至是脆弱的，在它两端，眼的位置，我们轻轻一挤，果实就会破壳而出。在物种的进化过程中，这样引人注目自曝其短的构造实属罕见。不过仔细想想，这果实的生长又不是为了满足人类的口腹之欲，它或许是为种子的发芽所留下的一道窄门。

我嗜吃干果，对香榧尤其热爱，年幼时并不喜欢它所散逸出的那种浓郁的木头香，但年岁渐长，对香榧的钟爱逐渐超过了山核桃和腰果。而香榧，其实是干果中的贵族，它的价格和同属干果的山核桃相比，几乎是后者的数倍。

印象中，似乎只有浙江诸暨一带才有香榧出产。但其实，我对香榧充满了误会，我们以为熟悉的往往是陌生的，我们以为知道的其实只是自以为是。

关于香榧的知识，在抵达诸暨赵家镇之后中午的那场饭局里才有所了解。

那一场饭局很有意思，来自四面八方的一群人，行业不同，年龄不同，其中既有像我这样搞文字工作的，也有画家，但无一例外我们都是因为香榧来到这里的。我想大多数人只是和我一样知道："榧子，又称香榧、赤果、玉山果、玉榧、野极子等。其果实外有坚硬的果皮包裹，大小如枣，核如橄榄，两头尖，呈椭圆形，成熟后果壳为黄褐色或紫褐色，种实为黄白色，富有油脂和特有的一种香气，很能诱人食欲。榧子和其他植物种实一样，含有丰富的脂肪油，而且它的含量高达 51.7%，甚至超过了花生和芝麻。榧子中含有的乙酸芳樟脂和玫瑰香油，是提炼高级芳香油的原料。"

这些资料我们随处可以查到，也似乎是关于香榧的官方说法了。实际上，它只是提供了一个轮廓，关于香榧，我们通常会有种种的误解。

一个最大的误解是：香榧是野生的。它是一种和红豆杉一样古老的树种，在我想来当然是野生的，但实际上不是，在距今 1500 年左右，也就是唐朝时候，不知道是在怎么样的一种机缘巧合里，也许是有意为之的试验，也许是偶然，人们在野生榧树的幼树时期，开始嫁接，而香榧这一干果也正式露出了芳容。

其实无论是偶然还是有意为之，香榧的产生绝对是有心人的杰作，它让原本虚度于岁月中的杂树成了一种经济作物。

可以想见的是，当功利的人类在大自然中处于主宰地位时，如果不是具有了实用功能，估计榧树早已濒危。在诸暨赵家镇的那棵年龄达 1300 余年的榧王所遮蔽的阴凉里，我这样想，眺望到时间深处的那真：有利用价值是它对抗时间的武器，它抵抗了虚无。

虚无，在这层峦叠嶂的群山中，也许找不到合适的位置。

像是空气中的一枚枚刺

在赵家镇幽静的山坡上，香榧树簇拥成了一个多代同堂的家族，那棵经历 1300 余年风雨至今依然结子的榧树王屹立在最高的山地上，而在它的俯瞰下，一千余年、数百年、几十年的榧树比比皆是。

从受到保护的榧树王这边望下去，像是一个巨大的种族。

　　当年栽下这树的人，在时间中早已消失得无影无踪，他
应该不会想到这榧树能活得那么久，而且迄今还在开花结果。
关于栽种者，我们几乎不能得到任何的信息，和大多数人一
样，我们在这个世界上走来走去，看起来如此活跃，但在时
间伟大的磨盘下，万物都是齑粉，但有意思的是那些基因，
偏偏在光阴中根深蒂固，偏执地一代代遗传着。

　　下午的阳光会让人产生一种和世界的距离感。

　　我们穿行，在榧树林中，偶尔抬头仔细寻找，可以在枝
头见到这些果实，像是藏匿于叶子间的眼睛，香榧有眼，而
它的本身，也是这树的眼，在沉默中守护这尘世烟火。种植
香榧树是一件考验耐心的事，虽然其在类似的纬度都可种植，
但它的成熟周期是如此漫长，这或许也是香榧树不被四处栽
种的缘由。

　　香榧树是常绿乔木，记载中高的可达 25 米，我们所看到
的一般没有这个高度。榧树树皮呈灰褐色，枝张开，小枝无毛。

　　如果摘下榧树的叶片观察，其叶呈假二列状排列，线状
披针形，长和我大拇指的长度相仿，宽 2～3 毫米，愈向上
部愈狭，先端突刺尖，基部几成圆形，有点儿像是松树的一种。

　　榧树的叶片像是空气中的一枚枚刺，坚硬，并不柔软，
叶片的颜色呈暗黄绿色，有光泽，边缘处新生的部分呈淡绿
色，中肋显明，在其两侧各有一条凹下的黄白色的气孔带。

在果实与果实之间，在叶子与叶子的深处，我们可以找到细小如碎钻般的花。

榧树的花很普通很低调，它有雌雄之分："雄花序椭圆形至矩圆形，具总花梗，雄蕊排成 4～8 轮，花药 4 室；雌花无梗，成对生，只 1 花发育，基部具数对交互对生的苞片，胚珠 1，直生。种子核果状、矩状椭圆形或倒卵状长圆形，长 2～3 厘米，先端有小短尖，红褐色，有不规则的纵沟；胚乳内缩或微内缩。花期 4 月。种子成熟期为次年 10 月。"

我之所以引用这么一段文字，或许是因为榧树之花难以描述。在这样枯燥的数据引用下，我们可以看到的事实是，香榧结果不易：一年花，二年挂果，三年才能成熟。这是多么漫长的一个周期：它的孕育，要经历炎热的夏季、缤纷的秋日、阴冷的寒冬和潮湿的春天。

一棵成熟了的香榧树，从经济的角度来说，其带来的收益相当可观，民间有"家有榧树、吃喝不愁"的说法。香榧要为人熟知，其产量和种植地都亟待提升，生产香榧的知名企业中，冠军集团目前在江西的山区已经大规模铺开种植香榧树，我觉得有意思的是冠军集团和当地的合作模式，除了每年的地租外，数棵榧树中有一棵的果实成熟后的收成归当地农户所有，这或许是"授人以鱼，不如授人以渔"的直接体现。

　　我们常常说到公益，实际上，一味地索取和一味地奉献都是海市蜃楼，公益，需要有坚实的基础。香榧果的开发，比如它表皮的那种馥郁之香，在表皮和叶子里，实际上都有待发掘。

　　在这样的一篇文字中写到一个品牌，难免有软文的嫌疑。值得说的是冠军香榧的掌门人骆冠军是我的朋友，我们并无利益上的往来，他对这门事业的热爱，或许是让我冒这小小的风险的缘由，而他对于香榧的熟稔正是一扇让我通行于香榧世界的门。

　　在榧树林中转悠，有时候会有思绪突然袭来，如果把时间当作是一座庭院，这繁衍了上万年，又从千年前，在横向的移植后成为珍果的香榧树，是否就是庭院里的风景？而我是一个看风景的人。

　　如香榧有灵，用它的眼睛看我时，或许会想，这人的念头真是复杂，思虑真多。

在光线的明暗里

　　"榧生深山中，人呼为野杉。木有牝牡，牡者华而牝者实。冬月开黄圆花，结实大小如枣。其核长如橄榄核，有尖者，不尖者，无棱而有壳薄，黄白色。其仁可生啖，亦可焙收。以小而心实者为佳，一树不下数小斛。"

这是李时珍当年对香榧的描述。在榧树林中徜徉时，如果对这片山水有所了解的话，或许会恍然觉得在风过之处，会有美目盼兮的古典女子的闯入，像一个孤独的梦。

在这样的树林里，光线的明暗诱发着人们的想象。

在这片秀丽山水的孕育中，有两名女子已经成为传说：一个是在历史的尘雾中语焉不详的越女。我们对她的了解大体上来自金庸的小说《越女剑》："众卫士见她天真烂漫，既直呼范蠡之名，又当街抱住了他，无不好笑，都转过了头，不敢笑出声来。范蠡挽住了她的手，似乎生怕这是个天上下凡的仙女，一转身便不见了，在十几头山羊的咩咩声中，和她并肩缓步，同回府中。"

我们知道，在传说中，范蠡最后是和西施携手泛舟而去，他成为后世商贾仰之弥高的陶朱公，而金庸铺陈的舞台上，他的存在，注定了越女和西施的相遇。金庸祖籍离诸暨不远，就是那个看潮胜地海宁。同属江南一隅，在情感的表达和揣摩之处自有灵犀的地方，在他这个小说的最后，越女在见到西施后，震惊于西施的美，从愤怒到平和，孑然一身洒脱远去。在金庸的第一部武侠小说《书剑恩仇录》中，也有这样的场景，说的是香香公主。也许，对于女性的美，老先生有自己的一番定义。

在这里，我们也可以说说另一个主角西施，这个被演绎得如同天地造化般的精灵，在我想来，实际上她只是被命运选中的幸或不幸者：幸，是她在时间中留下了多少人梦寐以求要刻下的痕迹；不幸，天晓得在历史不动声色的姿势背后，有着怎么样的龌龊和污秽，比如背后对她的控制和威胁，比如她和吴王在长期的相处中会否产生感情，比如她最终的结局……我们传颂她的时候，却往往没有把她当作一个最简单的女人来看待，我们看到其钟灵毓秀，却忘记了她的克制和牺牲，或许，这便是历史的吊诡之处。

许多年前，当我第一次吃到香榧的时候，也许是产地之故，我把它和西施联系在了一起，但事实上，香榧为人所食的时间远远在西施生活的时间之后，不过美好的事物总是相通的，我的蒙昧也是阴差阳错。

山水无语，发出声音的是我们的内心，而召唤山水的也同样是我们的内心，辽阔的风景从我们微茫的身体中涌出：会结晶成何等的灿烂……

女子如水，都是香的。这当然只是一种理想。是生命，并且会思考，就会饿，会渴，会生气，会郁闷，会吃喝拉撒，高兴的事会来，痛苦的事也一样伴随，但终究，我们会学会独立的思考。

与人无害或许是一种最好的存在状态了。

而恰恰，香榧有这样的特性，在《本草新编》中有这样的描述："按榧子杀虫最胜，但从未有用入汤药者，切片用之至妙，余用入汤剂，虫痛者立时安定，亲试屡验，故敢告人共享也。凡杀虫之物，多伤气血，唯榧子不然。"

这样的妙物，实在是天地间偶尔能漏下的理想之光。

杂树生花

在我的阅读记忆里，关于香榧的诗几乎是一片空白。从事物联系的角度去看，这也从一个侧面说明了香榧的珍稀，毕竟见过的人少，所以写得也少。

不过也不能说没有，我翻阅典籍时还真发现了一些，最著名的写作者是当年牧守杭州的大诗人苏东坡，全诗如下："彼美玉山果，粲为金盘实。瘴雾脱蛮溪，清樽奉佳客。客行何以赠，一语当加璧。祝君如此果，德膏以自泽。驱攘三彭仇，已我心腹疾。愿君如此木，凛凛傲霜雪。斫为君倚几，滑净不容削。物微兴不浅，此赠毋轻掷。"

苏东坡的诗词气象开阔，即使是在这样一首传诵并不太广，并不为人所熟知的小诗中，依然有其打动人心的诗句，如"愿君如此木，凛凛傲霜雪。"放在别的诗人那里，或许就是传诵一时的佳句了。

　　说到苏东坡，我们免不了说到他们家的文风鼎盛，他的父亲苏洵更是迷途知返、大器晚成的典范，他们当年的状况，和香榧可以类比：榧树结果十分奇特，一代果实需两年才能成熟，连同采摘的干果，即为"三代果"。这和当年苏家一门三杰是何等相似！而苏家的兴盛在于其对文化的迷恋。在农耕文化的大潮中，香榧树也是独秀于林。

　　写香榧的诗还有一些，但大多数写作者在文学史上寂寂无名，写作是一件寂寞的事，这些诗，其实有些读来颇有趣，比如何坦的这首："味甘宣郡蜂雏蜜，韵胜雍城骆乳酥。一点生春流齿颊，十年飞梦绕江湖。"又比如周显岱的《玉山竹枝词》："登道金蒙历道场，杜家岭外已斜阳。秋风落叶黄连路，一带蜂儿榧子香。"

　　但终究，关于香榧耳熟能详的诗句并没有，以至于我在山道上逶迤而行时，搜肠索肚也想不出来。这个遗憾一直延续着，咏物诗写好难，而要把一种不常见的物写到大家都心有戚戚更是难上加难。即使是到了后来，随着产出的增加和物流的发达，香榧子逐渐为美食者所知晓，但写香榧的诗依然寥寥。现代诗也少有写香榧的，我读到过几首，大多粗浅和表面，或许是香榧之香难以入诗，我曾经想过要为它写一首的，却一直找不到合适的切入点，因此也就是想想罢了。

　　我转而去寻找香榧的传说，这个倒很多，但大都和别的民间故事一样似曾相识，比如有这样一则故事：舜为了躲避朱丹的迫害而与娥皇、女英遁入会稽山腹地，靠采摘野果度日。舜下会稽山会百官，两位妃子饥饿难当，突闻远处飘来异香，循着香味走去，但见一位老妪正在用石锅炒干果，并告之其为"三代果"。原来这位老妪正是舜的母亲，当她得知娥皇、女英身陷困苦时，便下凡来以"三代果"搭救她们。于是，两个妃子把"三代果"种子在当地种植。舜死后，两位妃子投湘江而死，后人以"湘妃"相称，于是会稽山一带的榧民便移花接木，把她们种下的"三代果"也称作"湘妃"，久而久之，"湘妃"衍化成了"香榧"。

如果我不知道香榧的由来，这样的传说无疑有其迷人之处，但我们去搜索民间传奇时，类似的情节是不是比比皆是？而传说发生的年代，香榧还没有成为香榧，我们还不能把它叫作香榧，榧树应该是在的，上面缀着口感滞涩的果实。

那个时候，榧树还只是杂树，也只是杂树。

杂树生花，现实中并不让人心生欢喜，那个时候，估计它就在山坡上，和那些柳啊、槭啊，什么什么的树啊，一起度过春去冬来，没准会在民间的口口相传里成了一只面容狰狞的树怪或小妖。

正如在树类中，我个人喜欢的是樟树，它的清香气息颇让我着迷，这也是民间称其为香樟的缘由。在收集神鬼故事传说的《聊斋志异》这一类书籍中，樟树成精的故事比比皆是，我老家一带就有砍伐樟树招致祸害的传说，所以民间一般不砍伐生长已久的樟树，这或许是在各地的古树名木中多樟树的缘故。在许多旅游地，往往有香樟木制成的手链等物出售，据说可避邪。

榧树不然，它本身并无那种浓郁之香，但它能够奉献出那种异香。

如果仔细去读这些传说，其中的很多细节我们可以揣摩，总是伴随着民众的祈愿、祈福、心理崇拜、祭祀仪式和庙会发生，而在江南一代流传甚广的神话人物，如七仙姑、舜王菩萨、玄坛菩萨、朱老相公、白鹤大帝、山神、土地神等，在传说中常有一席之地，传说是一种民俗的折射，它们有其强大的精神力量和集体认同感，其丰饶之处在于它提供了一种踏足大地的稳定感，而这或许是香榧这样一种寂静的树种能够在时间中延续下来的秘诀。

它寂静着，直到一次偶然的嫁接，像是洪荒之力的爆发，但也仅此而已，在之后漫长的岁月里，它依然是静寂的，不过这并不奇怪，人还在为温饱发愁和奔波的时候，消闲的果品只能是放在次要地位。

千年榧林有一种幽深之感，偶尔会有鸡犬相闻，仿佛是一个提醒。

如果斑斓之蝶正好蹁跹而过

江南的山大都平缓，险峻的不多，香榧林所在的山地同样如此。移步观景并不会过于疲劳。有趣的是，正如我在前文中所说，榧树的年龄和秩序在这片山地里从高到低气象俨然。

这或许是种有灵性的植物，它们遵循一种优胜劣汰的法则。

在我阅读它的过程中，对它的了解也逐渐加深，比如有一种木榧子，长得和香榧子近似，能够鱼目混珠，这也使得一些贪图蝇头小利者常常把木榧子掺杂于香榧子之中。

香榧除了果实可供食用，树皮还可提制工业用的栲胶，而香榧木材纹理直，硬度适中，为造船、建筑、枕木、家具及工艺雕刻等良材。

这样的一种植物，又好像并没有广泛的种植，是不是很难成活？从繁衍的角度去看，它其实并不尊贵，甚至有点随便，它的繁衍，最简单也是最自然的是种子繁殖，可以秋播，也可以在春季 2 月～3 月上旬播种。我查了一下资料，称："条播，沟宽 10cm，深 10cm，覆土厚度为种子直径的两倍，播后盖草，每 1hm² 播种子 1500kg。幼苗出土后揭去盖草，反搭棚遮阴。第二年春季，按行距 35cm，株距 15cm 移植。移植后浇水数日，以保成活。"

人们出于欲望的勃发，对自然的改造一直都在进行，从优生优育的角度出发，取那些香榧树结子多的，那些果实饱满的，可以进行扦插繁殖。当地的榧农告诉我们，可以剪取硬枝，在田畦上每隔一小段距离开沟一条，将插条靠沟一边排列，覆土压实，埋在地下的是露出地面的一倍，到了来年春天，也就是早春二月，这些扦插的枝条已经有了根须，便可以定植到固定的山地上了。

这个扦插繁殖还有另外一种可能，新株会有丛生的，也可以分开定植。

如果是在春天要栽种，还能选近根新枝，弯曲至近地面，切伤部分外皮，用土堆埋节伤部分，浇水到第二年早春，先将连接老树一端截断，到这年的秋天移栽定植。

在我们一直以为榧树有着高高在上品质的同时，它繁衍时的平民化和随遇而安无疑让我们大吃一惊。一个古老的物种之所以能延续下来，之所以能够成为一个传奇，它肯定有着对环境和自然的多重适应，我不是很明白的是，榧树似乎对于海拔有着相对严格的要求，这也许是物种进化过程中的自然选择。

在城市里生活得久了，对诸如幼年时常常见到的螳螂、知了、天牛等小动物有着意外的亲切感，但榧树的天敌正是这小小的天牛。天牛锯齿状的牙齿对于这历经了千万年后生生不息的种族而言，依然是一种深邃的伤害。

　　自然是这样的奇妙，常常会有奇特的平衡，即使是人类打破了一些常规，比如现在作为干果之王的香榧果子的产生，它一定不是自然选择的结果，但在短暂的失衡后，新的平衡又开始了。

　　此刻，有两只斑斓之蝶正好蹁跹而过，它们的翅羽所带起的阳光似乎有着秋日的凉意，但余温犹存。

摆在我们面前的那一碟佳果

那些枝丫和伸展，那些莫名的日子
我们说出而不能收回的言语
在冬季，它裸露的伤口，像枯萎的果实
进入花朵的幻觉，在它们
尚未被摘落之时，有一座大海
深藏于它们的眺望：而根在暗处，
看不见的地下，它们舒展着
那些鸟叫和浮云，只是悠然于身外
它竖立着，像一幅被打动了的画作

——《树》

随着时间而来，在风的枝头

摇摇欲坠：密封中的果实，有着

暗中的芳香，以及窥视的眼睛

我写过多首关于树的诗歌，置身于这样一片树林之时，当我想不到咏颂榧树的诗句时，我不由自主所想到的便是自己的这一节诗：天地有大美而不言，指的可能就是这样的境界。

但天地的美有时候也是惊心动魄的，比如此时，在我们抬眼的地方。

采摘者站在高高的香榧树上，茂盛的树叶遮住了他们的身影。即使采取了种种保护措施，但每一年，采摘这些干果时的伤亡事件都有发生，这瞬间我以为自己懂得了香榧价格的高企：它只能人工采摘，因为在同一根枝条上，今年的果实成熟了，但明年的果实才刚刚结出一个嫩苞。

阳光把采摘者的影子和树影一起吹到了大地上，就好像他们是贴在一起的。

不光是采摘香榧，在江南的山地里，每到秋天，打核桃等都是一年里山村农民生产和生活的固定节目。早些年，采摘的工作多数是果树拥有者自己做的。随着生活条件的改善，现在浙江的当地人已经很少从事这危险的活计，转而把活给了谋生的外地人。据说，现在找一个打核桃的短工，工资已经飙升到了 500 元以上一天。

别觉得报酬高，每一年的秋天，类似于踏空或者断枝的新闻总是屡屡见报。

初秋，一个季节的入口，意味着丰收，但这是复杂的季节，它像是一杯好脾气的酒，被我们端起来之时总是那么恰到好处，而实际上，它的酝酿和甘美有着暗中的陡峭。里尔克那首著名的《秋日》悄然浮现在脑海："让最后的果实长得丰满／再给它们两天南方的气候／迫使它们成熟／把最后的甘甜酿入浓酒。"

生活的复杂性在于，当它把结果呈现在我们面前的时候，我们看到的事物是简单的："鱼作为鱼而游泳，桃作为桃而结果"（奥顿），但在这之前，它有着开放式的多种可能，这些可能最后被归结为一种：它就是摆在我们面前的那一碟佳果。

我们享受它的同时，也会被这样的滋味所惊醒、所推敲，我们成为自然的收藏者和消费者，在田野的广袤里，人和土拨鼠其实是一回事，无所谓高贵也无所谓卑贱，有的只是对生存的需要。

秋天拥有那对像香榧一样的眼睛，那是一种对世间的悲悯：我看到，我懂得，但我不说出。或许，在我们身体的隐秘处，也拥有这样一对暗中的眼，柔软而感性。

这样的一双眼睛，也许会让我有着这样那样的弱点，但也让我感觉到我是真实生活着的。

既定的命运

采摘下来的香榧子正如前文所说的"大小如枣"，它覆盖着绿色的表皮，如果我们用手去摩擦，然后把指尖放到鼻子下去嗅，并不用凑得太近，就会嗅到手指上散发出沁人心脾的香味。新鲜的香榧子更像是温婉的水果，它的绿意和连接它的枝叶（它的家）是如此默契，苍翠欲滴，浑然一体。

如果我们鼻子的嗅觉有德国小说（改编成电影）《香水》中主人公那样的灵敏，如果我们也有那个主人公能够取舍香水的天分，我们也许可以以香榧子的表皮为原料，制造出让市场趋之若鹜、让男人和女士疯狂的香水来。在我所嗅到过的香水味里，和新鲜香榧子所散逸出的那种淡雅极其相近的也有多款，可惜我是迟钝的，只能察觉它们的近似，并不能细细分辨其中的妙处。

而到了香榧加工厂那里，当成千上万粒的香榧子聚合在一起，放在机器里进行脱皮工序时，现场那种浓郁的香气却会挑战人的嗅觉神经，那不是香，而是变成了一种刺鼻的气味，在我想来，应该是和麝香一个道理。

情到浓时情转薄。这种看风景的心态放在这里或许是合适的。

香榧子被脱皮后，宛如一次新生。现在，它成了我们通常看到的模样，形似橄榄，它的壳显露在了外面，那两只眼可以看见这个世界了。但在它可以看见世界的时候，它已经注定了被食用的命运。我有时候怀疑，之前说到的那些榧树的繁衍之术，一个最根本的原因就是因为种子可食，而人类不会错过每一点的利用价值。

大片大片的香榧子晒在太阳底下，极其壮观，当所有弱小和简单的东西以集体的面目呈现的时候，它们自身的光芒仿佛被放大了无数倍。世间的事，个体的美不能无限地复制，我们不必说有密集恐惧症，仅仅是聚合在一起，就是一种暴力的产生。

但这些本来可以成为种子的，在这里已经走向既定的命运。

这些香榧子将被烘干、被浸泡、被加工、被包装、被运送到四面八方像我这样的饕餮之人的口腹中：它们完成一个循环，而这或许正是生命本真的意义。生命之火在熊熊燃烧，那种内倾的高蹈或许是一种不动声色的提醒：人，只是万物之一。

但我们能够听到在岁月的馈赠中隐约的警告吗？

仿佛让你的手伸出去

秋色尚浓，让我们回到赵家镇这片千年香榧林中，它们像是凝固的火焰，燃烧在这秀丽的山川和丘陵上。不，并不是凝固的，只是在天空下有着别致的弹奏。这样的一片树林，它的宁谧和清澈对于习惯了城市喧嚣的我们来说，颇具心远地自偏的恍惚，像是爱丽丝，被眼前炫目的异境惊讶得久久无语。

"一棵树在雨中走动……就像果园里的一只黑鸟。"

诺贝尔文学奖获奖诗人特朗斯特罗姆的诗句，描述这样的树林是合适的：一切气息相通，仿佛都是有生命的。像电影《阿凡达》里的精灵之树，是一种佑护，也是一次给予，是树林佑护着这片土地，还是这方水土佑护着这片树林？

这里的安静，仿佛让你的手伸出去，都会把这一个梦境惊醒。

古树林依傍着潺潺的溪水，溪水清澈，水中的树林和真实的树林互为镜像，偶尔有飞掠过的水鸟，像是一次致意。

而溪水边、树林畔，浣衣的女子和赶来拍婚纱照的情侣掀起的小小声响，也被这绿意洗得透明。这片山水，它存在着，凝视着天空，也仿佛天空的眼睛，凝视世事的变迁。

而它，始终在这，在四季的轮回里，它的春夏秋冬是四张动人的面孔，被游人所觊觎，令游人感慨，自然所赋予它的特征一次次改变着方向。

此刻，如果有雨落下，有黄昏之雨在阳光的斑驳里突然插入。

　　一切都在流动，空气、季节、爱和命运，也包括一些微小的细节，一些属于我们人生的微茫：

　　比如说少年时，对于干果我有着贪婪的热爱，但香榧子的香味总让那时的我产生并不愉快的联想，我尤其厌烦的是它那层黑黑的衣的剥落，那需要细致的用心，而我每每都剥不干净，那时的我想，为什么会有人喜欢这样一种果实，它的魅力在哪里？

　　岁月更替，我对香榧子却衷情起来，这种变化不知不觉，但想起来的时候它已经成为一个现实：像这座山，像这块石头，像这条溪流……它们在我闭嘴咀嚼的时候，像是隐雷滚动，而香气犹如泪滴，弥漫在我的口腔里，有一刻，我几乎以为我知道了这树的秘密。

　　它秘密的灵魂就挺立在那里。

江南风物志

　　它是另外一个江南，一个不同于我们通常所认为的水乡江南，我们或许可把它当作江南的山居，但这山，又分明是低缓的。其实说起来，和陶渊明所向往的田园有点相似，一种入世者的隐逸：它不崇尚出世，却可以让你保持自己的本心。

径山：非典型山居生活的钥匙

　　这个时候，我们可以出门走走。夜凉如水，漫天繁星闪耀，像是一种低语。此刻，在长乐，一处和城市如此之近，又迥然有异的归处。

　　这里很安静。尤其在这样的夜晚，偶尔可听到的一两声犬吠反而加深了这种安静。

　　或许深夜是指这样一种时刻，周围的一切都已沉寂，喧嚣嬗变为宁静，温度计凝固在这一天的低谷。你已伏案工作许久，或者在漫长的阅读中若有所思，于是来到窗前，凝视着黑暗深处那星星点点的灯光，一种恍惚和蕴藉糅合在你的灵魂中，似乎是一支陌生而苍凉的军队在前进。

心意阑珊也多半在这一刻，多少陌生的眺望凝聚成内心的长河，这时候喝一点酒，或者抽一支烟，好像什么都在想：那些浮华的白昼，那些忙碌的白昼，便一起向这一刻转过了脸，询问生命的意义。你的内心有一丝细微的颤动，就仿佛一束小小的火苗，平行地滑过许多年前一个人成长的秘密：岁月最终仅仅出于一种征兆，骚动或者平静，撮成一张性感的嘴，呼吸生活所能赋予和所能争取的。

这正是深夜远眺时夜凉如水的意义，在水一样的黑暗中，日常那平庸的物质被遮掩了，那些嘈杂的街道、店铺，那些永远充满摩擦和琐碎的人群——所有一切都沉浸在水一样的夜色里，使人有一个温柔且模糊的轮廓，人的生命里有一头孤独的兽开始吼叫：开始巡视人自身的迷宫。

这个地方，可以给你这样的沉浸，让你审视自己。

这里，如果徜徉在这里，这里是一个大的庭院，它有着农居生活的诸要素。不经意间，我们还能看见一些旧时代的痕迹，比如20世纪六七十年代的建筑，甚至更早，明清和民国时在时光的缝隙中遗漏出来的房屋。我们可以看到江南的精致，那种俗世人生的风物。

这样的一处地方，你保留一种让自己完整的姿态。

我们可以把长乐当作一个在江南随意邂逅的人，但他的气质会不知不觉吸引着你，你决定去读读这个人，然后深深陶醉。

这是一个人灵魂里随意的一页，选择这样一个侧面观察也许只是一时兴起：一个人在深夜的高处吹着风，他的面庞甚至可以忽略，他所奋斗和努力的也被删节为远处隐约的灯光，剩下的只是一种完全裸露的尖锐，在他漫长生命的间歇里所触摸到的：

"那黑，和白，它们相互占据着／明亮的是因为光线／而阴影是因为明亮"，在朋友的画室，你在观摩其对石膏像的素描练习时，你写下了这几行诗，这同样适用于在这片刻的远眺，一个人能够沉浸并能说出的气候：一个人因为这黑和白的雕塑，在岁月的流逝中慢慢变成了一座城，这座城在他的内部不断扩大着，而这正是一个人在时间里的见证，有的人也许便这样从夜走到了晨曦。

长乐，也是这样的一座城，它简单、干净、甚至是寂寞的，但我们用心去读的时候，我们会发现我们生活中大多数时候的心境便是如此。它就像一枚进入非典型山居生活的钥匙，一个小小的休止符。

我们或许能够找到自己，或者，和那个迎面走来的自己相遇。

四季流水

初 春

晨雾稀薄，在远远近近的鸡犬声中，如果从一个踏实的梦境中醒来，推开窗，这个时候，正过了正月，田野一览无余，稻田还闲置着，像一个空。视野中，那些飞鸟有些你叫得出名字，有些你叫不出名字，它们给天空添上了一抹生动。

远远的有些小小突起的丘陵，因为春天还没有到来，树有着一种稀疏的美，散落在田野中。这让风显得很自由，而追逐着落叶的土狗也很自由。

花，努力开着，一直延伸到那片茂密的长乐林场。

春 望

水稻、油菜；低山、丘陵；亚热带林木、马尾松林、杉木林、竹林；柑橘、油茶、茶叶……这些基本上都可以作为这片土地的符号。

在径山这个地方，如果我们沿着那些小路走入森林，就像从春天走入夏季。从节气上来看，惊蛰这一天，和其他地方一样，是这片土地苏醒的节点。这个时候，估计在上个深秋钻入土壤中的青蛙和蛇，会从悠长的冬眠中醒过来，同时醒过来的还有那些在树上冬眠的松鼠等小动物，阳光是它们可以咀嚼的梦。

在径山，它周边可以生长的树种，和它的土壤有关。一般是红壤，在那些山地上，土壤自下而上有红壤、山地黄壤、山地黄棕壤和山地草甸土的垂直分异。这种土壤的特征，决定了在这里生长的树的种类。

许多年前，这里被海所覆盖，这里的地下水很浅，一挖就会挖到。而苕溪流过这片平缓的土地，带来更多的喧嚣。

3月，在明晃晃的油菜花浓郁的香气里，在径山这个地方徜徉，偶尔会遇见一株樱花或者海棠，它们一样的灿烂。

而蜜蜂和蝴蝶已开始忙碌，它们的舞蹈是对这个季节的触摸。燕子流利的身影在这个时候也加入到了鸟群中，对于燕子，我们总有莫名的喜欢。

入 夏

白昼越来越长，那些从竹林里收获的美食——笋，终于老了，光阴易逝，无论我们怎样去延长竹笋食用的时间，那韵华终究被偷去。

清明过后，雨开始淅淅沥沥地下着，会有些闷，这是江南天气的一个显著特征。径山，年均温应该在 16℃～20℃。夏季酷热，且持续时间长，最热月均温 27℃～31℃。极端最高气温会超过 40℃。

气温也是平衡的，在冬天大部分的时间里，温度基本在 3℃～9℃。一年中无霜期 235～300 天。和绝大多数的江南地区一样，这里年降水量 1300～1800 毫米，是中国降水丰沛地区之一。地表径流量大，山区径流深度约达 1000 毫米。

按照历法，芒种后第一个丙日入霉，小暑后第一个未日出梅。入梅总在 6 月 6 日～15 日之间，出梅总在 7 月 8 日～19 日之间。这是一个雨期较长、雨量比较集中的明显雨季，由大体上呈东西向的主要雨带南北位移造成，是东亚大气环流在春夏之交季节转变期间特有的现象。

明代谢肇淛的《五杂炬·卷一·天部一》记述："江南每岁三四月，苦霪雨不止，百物霉腐，俗谓之梅雨，盖当梅子青黄时也。自徐、淮而北，则春夏常旱，至六七月之交，愁霖雨不止，物始霉焉。"李时珍在《本草纲目》中更明确指出："梅雨或作霉雨，言其沾衣及物，皆出黑霉也。"

出梅入夏，径山在知了声声中迎来了夏季。

仲 夏

因为持续丰沛的雨，苕溪的水变得浩荡起来，而径山的色泽从春色烂漫渐变到夏日的深沉，像是一种弹奏，这些田野、这些山丘、这些树木，似乎丰腴起来，夏日之长变得非常的迷人。

在繁星灿烂的夜晚，在田野中影影绰绰随风起舞的萤火虫，和天上的星斗相映成趣。此时，如果微风徐来，不免心旷神怡，但一年中最忙碌的季节已经到来，为稻粱谋的我们会躬耕于田野。夏季，我们将种下传统的水稻，宋沈括在《梦溪笔谈》中说，"十月熟者谓之晚稻"。

相对其他的稻种来说，这种生长期较长、成熟期较晚的稻，一般在霜降后收割，而且比其他品种的稻子更受大众的欢迎，所以唐代的刘禹锡在《历阳书事七十韵》中这样写："场黄堆晚稻，篱碧见冬菁。"同是唐朝人的唐彦谦说："湖田十月清霜堕，晚稻初香蟹如虎。"

蛙开始鼓噪，夏季的夜，在劳作的倦怠中，听到那些虫子等小动物的鼓噪，我们怀着一个家园和一个秋天的梦，沉沉睡下。

秋　光

白露过后，天气渐渐凉了起来，这在山地里尤其能够感受。月色如水，与夏日时的月光有了很大的不同，这或许是人自己的感受：光在树叶之上流转，好像是有了生命，它流到山水之间，那些秋虫的叫声像是从月色中浮出来的，有一点轻飘飘的不真实。

这种天地之间的微光，如果我们可以描述，它应该是一种成熟的风度。在这一年中，在经历了冬春夏三个季节后，这时间开始散发出润泽的光彩。

它是留给下一个轮回的种子。

种子砸到了泥土里，保持着它们在自然界中的生命轨迹，一种力量的积蓄，一束光变得柔和：枫叶红得热烈，但更多的叶子开始变黄变薄，脱离它们的主干，俯身向大地。

这个时节的早晚，山里的雾气不知道会从哪里冒出来，让我们仿佛踏足于一个梦境。我常常看着这雾气浓起来，扩散，又淡下去，好像是一个生命体，而那些熟悉的景致，在它的变化中也给我们新鲜的感受。

轮　回

一岁一枯荣。在这样的循环往复中，我们可以体会到生命中的草木滋味。

万物生，人只是世间万物中的一种，而我们在和它们的共处中需要的是灵犀和彼此的成全。看山，看水，看季节转换，我们在这种寻找中找到自己的基调。而悠然见南山的古典早已不再持续，我们需要的是善于发现的心，有时也许是一种陡峭，精神高度上的孤绝和内省实际上并不陌生，请允许我们找到那相似之物。

它从不落入旧巢穴，世间之物，它是我的秘密和下一年的通行证。

行乐争昼夜

民以食为天。乐天知命，或者，陶醉于日常生活的那些闪光之处，舌尖上的滋味如何，舌尖上的径山又是怎么样的？当我们从时光的缝隙中窥见这世俗画卷，或许，我们会发现生活的秘密就隐藏于此，像是流水深处的歌声。

在这里，我们就说说径山的吃，我们说说其中的一部分，其实在这些吃的细节中，包含着我们的生活态度，也包含着一道隐秘的时光线索。

湖羊，从南宋开始的美食之旅

在径山这一片林区和山丘的坡地上，时常可以见到那些悠闲放养着的羊群，这些羊不同于我们在北方所看见的，它们有一个名字叫作湖羊，仅产于杭嘉湖地区的白色羔皮羊种。

其实湖羊同样来自北方，据史料考证，湖羊生长历史已有八百多年。公元 10 世纪初，南宋迁都临安（今杭州），黄河流域的居民大量南移，就将饲养在北方的蒙古羊带到江浙交界的太湖流域繁殖。由于太湖地区桑茂豆绿，水清草丰，具有得天独厚的自然条件，加上劳动人民的不断选育、改良，逐渐形成现在能适应本地环境的优良羔皮羊品种——湖羊。

在今天的余杭，吃湖羊仍是冬天的一种时尚。距径山不远的仓前羊锅村，每年在吃羊的时节总是食客熙攘。红烧羊肉选用稚口雄性湖羊肉为主料，天然植物为调料，以色泽深红、糯而不散、浓香悦目著称，具有滋补壮阳御寒之功效。

据说乾隆第三次下江南的时候，曾在余杭微服出行，只见屋宇井然，田园稻香，龙颜大悦。到了仓前镇葛巷村，一股香味扑鼻而来，乾隆举目望去，见门上写着"羊老三酒店"五字，乾隆走进店堂说道："有什么好菜好酒只管拿来。"店家说："今日正好掏羊锅，何愁好酒菜？"乾隆问："不知何谓'掏羊锅'？"羊老三亲自介绍："官人有所不知，这个'掏羊锅'乃此地名肴。杀羊之后，用一只大锅烹制羊肉。先将整只羊放在锅中，加老姜、茴香、精盐等调料，烧上半个时辰，然后退火，取肉。锅中老汤不起底。次日，老汤仍可继续用来烧煮羊肉。"说着，他用汤勺动手在锅中"掏羊锅"了。

乾隆平时吃的都是山珍海味，那陈久的羊杂别有一番滋味，他吃得意犹未尽，回去后御书"羊老三羊锅"牌匾，再赏 300 两白银。自此，仓前掏羊锅就上了名堂。当然此乃口口相传野史，并不见正传。

数年前，掏羊锅又火了起来，甚至有了"羊锅节"，开节那天，仓前街上几十个羊锅一字排开，盛况空前。

在余杭的美食谱系中，除了湖羊外，湖蟹和河鱼（鲫鱼、包头鱼等）都是荤腥中的主角，本来都是寻常物，却因为水质等因素，出奇的鲜美。

在苕溪中，还出产有石斑鱼、河虾等鲜物。

而在每一年的开春，也就是清明前后，当地的农谚中有"清明螺蛳赛只鹅"，说的便是在江南各地，随处可从河中摸起来的螺蛳的美味。

糟鸡、酱鸭和咸肉，未雨绸缪中形成的口味

在漫长的岁月中，吃的智慧被人们发挥到了极致，长乐也不例外，和周边的很多地方一样，糟鸡、酱鸭和咸肉，或许是其中的代表。

径山多竹林，是走地鸡的天堂，走地鸡的甘美滋味自不必说，在径山，还流行着吃糟鸡：

一般选用当年新阉肥嫩雄鸡，宰净，放入沸水中氽五分钟，取出洗净，放入锅中加水至浸没，在旺火中烧沸，移至小火上焖20分钟左右，端离火中将其冷却。然后将鸡取出沥干水，放在砧板上，先斩下头、颈，用刀从尾部沿背脊骨对剖开，剔出背脊骨，拆下鸡翅，再取下鸡腿，并在腿内侧厚肉处划一刀。将鸡身斜刀切成两片，用精盐75克和味精拌匀，擦遍鸡的身、翅、腿各个部分。

在完成这些程序后，取罐一只，将搅匀的酒糟放于罐底。用一块消毒过的纱布盖住罐底酒糟，将鸡身、翅、腿放入罐内，另取纱布袋一只，装入酒糟，覆盖在鸡的上面，密封罐口存放一天即可食用。

除了鸡肉如此做外，猪肉也可如法炮制，称为糟肉。

其他如用酱油、黄酒腌制的酱鸭，用食盐、花椒等腌制的咸猪腿等，无不沉浸着民间的智慧：对食物的保存，然后，在探索和不断的尝试中，形成了独特的地方风味。

径山周边地区盛产竹，竹笋是每年冬季至来年春末的时鲜货，品种繁多，吃法不一，比较大的分类是冬笋、春笋、毛笋等。但竹林里蹿上来的笋多了，一下子来不及消化，于是和冬腌菜一样，也可以将笋制成干。在长乐常见的是，毛笋干，主要是炖肉吃；野笋干，做汤，或炖老鸭煲；石笋干，考验自己变着法子吃。

甘蔗、枇杷、青梅和藕粉，一方水土一方人

径山不同于它周边的江南水乡，更多的像是一种田园和山居生活的综合体，但实际上，它和水乡非常的近，几乎就是一道门槛的事，比如运河边的古镇塘栖、比如仓前、良渚等，其实就和径山紧紧相连着。

因为这种独特的地理位置，径山的物产种类非常之多。

我们先说说甘蔗，有青皮和紫皮两种，鲜嫩质脆、味甜汁多、营养丰富。其糖分主要由蔗糖、果糖、葡萄糖三种组成。

余杭一带的甘蔗种植历史最早可追溯到没有文字记载之前，那时候已有野生的甘蔗林。早在原始社会，人们就采蔗茎"咋啮其汁"。到了唐朝，吃甘蔗已是很普遍了。甘蔗种植历史已逾千年，南宋时就列为贡品。余杭一带的甘蔗以紫皮为主，一般在清明前后种植，立冬收获。甘蔗与一般水果比较，极易为人体所吸收。

在长乐林场徐缓的山丘上，时常可以见到那种梅树，没错，就是曹操和刘备青梅煮酒论英雄的青梅。青梅最出名的产地在不远处的超山，五代后晋时开始种植，曾有"十里梅海"之称。余杭的青梅果实肥大，色泽青绿，味酸汁多，松脆爽口，是梅中上品，可加工成梅干、陈皮梅、话梅、糖青梅，梅树有品种 16 个，以开箩底、软条红梅为优。

同样在这些山坡上，或者河道周边的果园里，可以看到枇杷树，塘栖枇杷极其出名，果大肉厚、汁多味甜，民间有"五月江南碧苍苍，蚕老枇杷黄"之说。枇杷的用法颇多，可以用枇杷叶煮汤喝，或是用来敷患部，也可用大量的叶子来

如果漫步在它的边缘，它

需要一次蜕壳：从自己的身体里

绽放出来，像种子落向大地

我们将在无限的重复中重新开始

洗枇杷浴，而枇杷的果实和种子核也可食用。干燥的枇杷制成果酱则终年可食用。

《唐书·地理志》载，余杭一地的枇杷唐时就成贡品。李时珍的《本草纲目》也有"塘栖产枇杷，胜于他处，白色者上，黄次之"的记述。

在长乐林场周边，还有一种我们本以为应该产于西湖的物产，却在余杭暗中生长，那就是莲藕。莲藕经磨、滤、晒，便是老少皆宜、食用方便的藕粉。

藕粉在南宋时，已成为贡品。清光绪《唐栖志》载："藕粉者，属藕汁为之，他处多伪，掺真赝各半，唯塘栖三家村出此者以藕贱不必假他物为之也。"据称，藕粉营养价值很高，有"生津开胃、清热补肺、养血益气"等功效，最适合老人、产妇、病人、婴儿和少年儿童食用，是有名的传统滋补品。

豌豆、糯米饭和红曲酒，品尝生活的滋味

钱塘自古繁华，说到吃，余杭也有很多的讲究，比较独特的如在清明前后，有时令的乌糯米饭，而豌豆糯米饭更是让人垂涎欲滴。

豌豆糯米饭的主要原料顾名思义是 4 月份刚刚成熟的嫩豌豆及白净的糯米，豌豆是果期很短的菜蔬，而此时的豌豆爽口清甜。我们可以凭自己的经验想象一下，翠绿翠绿的豌豆跟白净的糯米饭搭配在一起，肯定是青翠可人的。有些人家里还会放入一些香菇丁和火腿丁，烧出来后芳香扑鼻。径山有句老话叫"好吃不过四脚佬爬过的"，意思是带点荤的才好吃。

糯米不仅可以做这些好吃的饭，还可以酿酒。用每一年新糯米酿红曲酒更是径山人的保留节目。

在每年 10 月份，将选好的糯米洗干净，装进大木桶，搬上早已经用柴火大灶烧起的热水中蒸熟。为了保证红曲酒足够醇香，做红曲酒的时候最好用柴火大灶，用传统的方式蒸。

糯米在经过水蒸气的蒸煮后，慢慢飘出香味。一个小时之后，这糯米可算是蒸熟了。把米饭倒进竹子制成的竹匾上，迅速地用耙子把米饭摊开，顿时，整个屋子都弥漫着糯米的香甜气味。待糯米饭冷了以后，再倒入干净的大缸里，加入适当比例的水和红曲，等待红曲发酵。发酵三四天，再将它搅拌均匀了，这样酿出来的酒味道好一点，足一个月就可以喝了。

"琉璃钟，琥珀浓，小槽酒滴真珠红。"这是唐朝诗人李贺对红曲酒的赞美。每年这个季节，径山家家户户会飘出醇厚的酒香。

红曲酒虽好，但不可贪杯，我曾经上过当，非常惨痛的记忆：因为好喝，一口气喝了三碗，然后，直到第二天早上才醒来。第一次喝红曲酒的人会觉得味道怪怪的，有点酸，有点苦，还有点甜。喝过几次后，就会爱上这怪怪的味道——这味道里，有农家的热忱和淳朴，也有过年的热闹和温馨。

在这个充斥着各种速食的时代，当我们的舌尖被这些丰盈所充实和饱满的时候，这些寻常的食材和事物，会因为我们用心去体会、用心去做，而闪耀着时光碎片的光泽，温暖并照见我们生活的走来的路。

这不疲的行乐图，如果画下来，应该是何等的曼妙。

水——记忆的码头

在它们吟唱着的薄暮和晨曦里

在峰峦起伏的疑问里

它有一个打开了的瞬间

在河水的滋润下繁华起来

径山，虽然更多的像是一个山地的集镇，但依然有着河水的滋润。实际上，在我想来，这一个小镇之所以有这么悠久的历史，肯定是和水有着莫大的关系。

中苕溪蜿蜒流过余杭，它应该是苕溪的支流，与东苕溪、南苕溪、西苕溪并称。宋代胡仔的《苕溪渔隐诗话》对苕溪有着详尽的描述，但胡仔书中说的苕溪恐怕是说的长乐隔壁的安吉，而水流过处，山水相连，文脉同根，那份山水间流传着千余年来源远流长的渔隐诗话，令人驻足流连。

苕溪是自然河，而中国最大的人工运河其支流余杭塘河也紧贴着径山。

余杭塘河古称"运粮河"，又名"官塘河"，流经余杭镇、仓前镇、五常街道至杭州，汇入京杭大运河，全长19.8公里。余杭塘河在历史上商船云集、航运发达，反映了以漕运文化为中心，并随其发展而来的治水文化、商贸文化乃至建筑文化，是记载余杭历史变迁的重要组成部分。

苕溪和余杭塘河，一自然一人工，像是径山身体上的动脉和静脉，它们共同哺育和浇灌了这片土地。

隋大业年间（605年～618年），余杭塘河为漕运而疏浚，是古代余杭县主要航道之一。清嘉庆《余杭县志》记载："余杭塘河在县东南二里，阔三十步深一丈许，连南渠河，自安乐桥四十五里至杭州之运河。"余杭塘河上游为南渠河。宋时南渠河西通木竹河，从石门塘达洞霄宫。下游经长桥，东流约七里而至觅渡桥，折东南流约十二里，至观音桥又东流约一里，至卖鱼桥，与下塘河汇合。

从史料和典籍中可以看到，古时，临安、于潜等地竹木山货至余杭集散。余杭塘河"通舟楫，水盈可胜三百斛以上舟，迁旱水涸亦可胜百斛舟"。元至正十九年（1359 年），张士诚自武林港至江涨桥新开运河，使余杭塘河与京杭运河直线沟通，提高了余杭塘河的航道作用。清康熙二十三年（1684 年），选石筑余杭东关至文昌阁堤塘于道左。翌年疏浚，上及石门，疏南渠河之浅阻以通商舟，开木竹河之湮淤以溉田。至 1933 年，航道宽度达四米，可通小船。

现在的余杭塘河，经过整饬疏浚，已成为运河观光旅游中的一条专线。

眺望时光，在记忆的回溯里，在当年交通困顿的年月，水道应该是出行和货运最好的选择，当年的余杭人，从苕溪进入余杭塘河，然后到运河，再四散流向大江南北。如果一直以来都有这样的卫星地图，把它们层层叠合，我们或许会惊讶于其壮观和波澜起伏。

山区，沿着河水向平原延伸

在老一辈人的记忆里，从长乐林场砍伐下的木头和毛竹，会在苕溪放排而下。苕溪的水，今天看来并不大，但当年，尤其是在汛期，那是相当的浩浩荡荡。

"放排喽——哟嗬嗨，嗬嗨。云闪开，雾闪开，一条青龙下山来，腾云驾雾放木排。乌炭白柴送余杭，赚得铜钿换米粮；养儿养囡养爹娘，靠山靠水过辰光……"曲调高昂激奋，节奏沉稳有力，这就是当年流传在苕溪上的放排歌！

在这远去的放排号子里，我们可以想象一下这样的蒙太奇：两岸青山连绵，湍急水流之间，冲泻着一张张排筏，一群男子头顶竹笠，身穿蓑衣，足蹬草鞋，手撑竹篙搏浪前行……

实际上，径山，正是山区向平原延伸的一个逗号，在它的上游，天目山区林业资源丰富，旧时的山民，山林、木炭就是他们的生产和生活资料。天目大山之中，历来交通不发达，1934 年前，境内没有一条公路，运载山货出境，主要就是靠放竹排、木排和渡船，而径山一带的山民，其实也基本相似。

东苕溪发源于天目山南麓，流经余杭，一路奔流注入浩淼的太湖。悠悠岁月催生出了大批靠苕溪生活，与船、排相依为命的山民。竹排是一种较为简单的交通工具，也是一项低成本运输方式。竹排的制作也不复杂，用削去竹青的大毛竹为原料，头、中、尾凿圆孔贯以坚韧山柴，毛竹一头用炭火烤成翘头状，轻浮水面顺溪而下。一般可负载数千斤木柴、黑炭、药材等山货，也可载客。当年放排主要运送"黑白货"，黑货指的是木炭，白货指的是木柴（因木柴劈开后呈白色，所以叫白货）。

长乐林场出产的"黑白货"，便是这样在杭嘉湖，甚至在上海滩流转的。

苕溪放排，水流深处的一张底片

苕溪放排，无论木排竹排，礼俗与行船大致相同。撑船人为求吉利平安，有一些规矩习俗。一般在开船出发前，要买一刀肉或一个猪头，到船头祭祀。肉或猪头煮熟了，将锅盖翻转，上面平放一双筷子、一把菜刀，意思为"快到"，尽快平安到达目的地。开船时，只要头篙撑出，此时岸上再有人呼叫搭船，船工也不予理睬，这叫"发篙不回头，回头触霉头"。

苕溪放排的礼俗主要也是祭祀河神，保佑平安顺利到达目的地。祭祀时，讲究三样东西：鸡、鲤鱼、猪头。排工一个个过去上香祭拜。祭祀时还有一条不成文的规矩——女子不得靠近。

放排每次一般有10多个人，一人撑一张排，一张排由两帖排相连，所以，载重量大，每张排可载八九千斤货。正式放排前，十多张排列在坝堰上，如威武的雄兵傲然而立，很有气势。

祭拜完毕，排头一弓腰，双手紧握篙把，一声吼叫："开龙门喽——"喊声在山谷回荡，惊得两岸灌木丛中的野鸟扑棱着翅膀腾空而起，这时，一张张排像箭一样窜了出去……

汛期的苕溪，张狂不驯，泥沙俱下，仿佛天地间一片混沌。我们可以想象一下，那排筏在浪涛中跌宕起伏，一会儿高扬跃起升空，一会儿又低头猛扎水里，放排人随排上下如轻燕一般掠过河面。

　　"人世三样苦，打铁撑船磨豆腐"，这谚语可让我们想见排工之苦。

　　逐水而居一直以来是人类活动和寻找栖居地的标准。苕溪，将余杭分为南北两半，岁月变迁，不变的是苕溪边仍是南北山货、百货丝绸集散地，商贾云集，长盛不衰。

　　一些村镇便在溪水这样的浇灌下繁华起来，时移世易，交通的快速发展，让水道不再成为运输或出行的必要选择，但很多习俗和风貌，却在这水流的深处，被保存了下来，像是一张底片，它记载着我们灵魂的影像。毕竟东流去。

一个人的地理学

这些时间里的碎屑，恍惚，且温暖。在我终于准备出一本散文集的时候，我一边按自己的想法写作新的，一边修订多年来积存在电脑中的文字。然后渐渐形成一种新的想法：我建造一座我自己的纸上庭院，它属于我个人的记忆和寻找，充满着我个人印记的气息。

我为此开始准备，新的几个题目罗列出来后，旧作也全部呈现在面前，在我编辑成书时，居然达到了近 40 万字。

面对这些文字，内心时时有浮光掠影稍纵即逝：这是关于个人的，也同时来自某些暧昧的光阴。我要重新面对一个已然陌生的自己，这和面对镜子里的身影有着同样的怀疑，那些青春、那些困惑……它们真的存在过吗？

这些散文，我更愿意把它们看作是诗意的一次次日常记录：

这些文字的跨度近 20 年，在翻检它们的时候，有时几乎有邂逅般的欢喜，即使在某些时候它们是那样的故作姿态，在某些时候它们和我现在的心态格格不入……在我的生活发生了那么多变化的时候，它们静止于时间的河面上，让人感到仓促和慰藉，但并没有太多的忧伤。

它们是一种重现，而这种重现有如持续的抵达。

没有想到的是，我几乎重新省视了一遍自己。

文字在今天还能有什么用？这是我所不愿去深刻追究的，对于个人而言，它已是如影随形。

从最初的草稿中，我删去了那些如今看来明显和这本书的初衷不合的文字，又狠心删去了一些与整本书并不协调的篇章，但依然显得庞大。删稿远远比新的创作辛苦，在数月断续的修改后，当要交付之际，它最终成了现在的模样，这样的一座庭院，当然不是博尔赫斯般的迷宫，但同样是一种时间的重现。

在现实生活中，有时也会埋怨，所谓文章误人，如果不是它，我也许会更入世和快乐一些。但只是这样想想而已，真要我放弃文字，那几乎是不可想象和让人恐惧的，一旦远离了文字，我还能在生活中定义自己的位置吗？

人至中年，心境渐趋平和，很少再有剑拔弩张的理由，但我更喜欢以前的自己，还是现在的我呢？在这一本集子里混乱着放上一些多年前的文字，或许并不是出于敝帚自珍，而是对青春的怀恋，我甚至都没有刻意去修改其中明显和现在的我并不和谐的那些内容，我让它们彼此独立地保存在时间里。

这样的一座庭院，在我看来，才是真实和可以触摸的：它们，是对我所居住的江南气候的体现。

一如在我开始时的想法里，我要构建出一部类似于江南庭院的散文，有门廊、有流水、有假山、有古老的物件，也有时下所流行的要素；有敞开的门扉，有遥远的浮云，也有可以远望的天空……

这些组合的本身，就是一次尝试。

或者说，我就是这样的一座庭院。

而读到这些文字的人，正是一个走入庭院里的人，他的视野和他所打量的，是我所要呈现的风景。

这是我第一本真正意义上的个人散文集，在以后，我希望自己还会出散文集，它终究是我写作的一部分，这是和我诗句不太一样的那部分，它们可能更加让人体会到身体的温度，虽然不一定有在诗句中散发出来的光泽。

通常，在这样的文字里，要罗列一些名字，感谢他们对我的关照，但我并不想这样做，我们应该更好地在文字里相遇：如果我们还热爱文字，如果文字还有让我们热爱的理由，有的时候，文字里的遇见会更让人欣喜：在我的庭院里能够有你熟悉的风物吗?

　　我们一直在抵达,或者说,我们一直在抵达中。

　　　　　　　　　　　　　李郁葱

　　　　　　　　2019 年 1 月 2 日于杭州